I0564924

FONDATION
SMITH-LESOUËF
RÉSERVE

10318

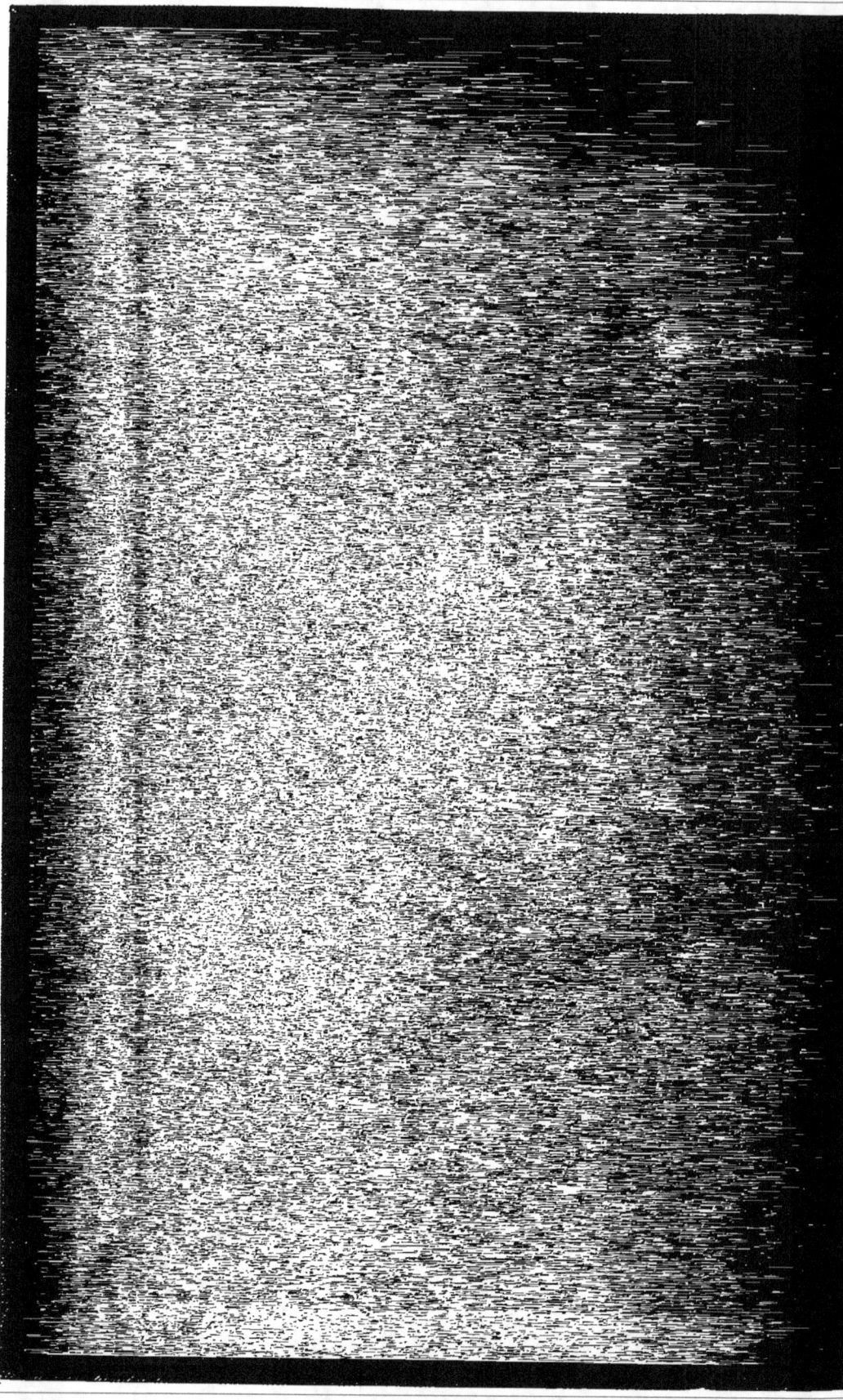

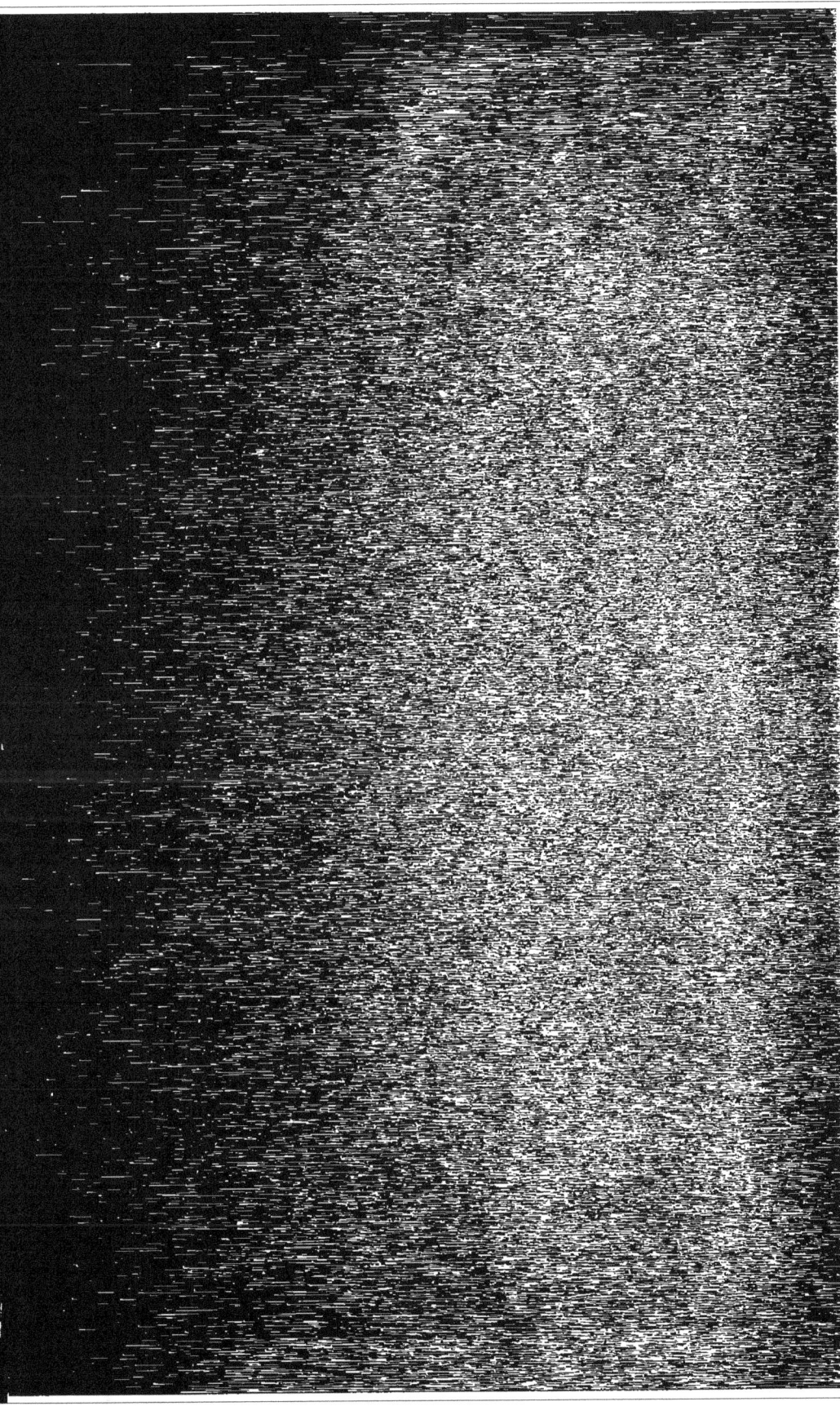

VI - 4

COURS PRATIQUE DE JAPONAIS.

—

ENSEIGNEMENT ÉLÉMENTAIRE

VI.

—

VERSIONS FACILES

Reserve

10318

J. MAISONNEUVE, LIBRAIRE-ÉDITEUR

25, Quai Voltaire, 25.

— ----

COURS PRATIQUE DE LANGUE JAPONAISE

PAR M. LÉON DE ROSNY,

Professeur à l'École spéciale des Langues Orientales vivantes.

———

Le *Cours pratique de Langue Japonaise* de M. de Rosny comprendra vingt volumes in-8° divisés en trois séries ou années.

PREMIÈRE ANNÉE.

Enseignement Élémentaire.

———

E. J. BRILL, Imprimerie de la Société Sinico-Japonaise, à Leide.

始學日本安文

VERSIONS FACILES

ET GRADUÉS

EN

LANGUE JAPONAISE

VULGAIRE

ACCOMPAGNÉES D'UN VOCABULAIRE JAPONAIS-FRANÇAIS

DE TOUS LES MOTS RENFERMÉS DANS LE RECUEIL

PAR

LÉON DE ROSNY

Professeur à l'École spéciale des Langues Orientales,
officier de l'ordre du Soleil-Levant du Japon

SECONDE ÉDITION

PARIS

J. MAISONNEUVE ÉDITEUR

25, QUAI VOLTAIRE, 25

1889

Tous droits réservés.

PRÉFACE DE LA PREMIÈRE ÉDITION.

Le recueil de textes faciles et gradués que j'offre aujourd'hui aux élèves de l'École impériale et spéciale des Langues Orientales, forme la sixième partie du *Cours élémentaire de Langue Japonaise* dont la publication facilitera sensiblement, je l'espère, l'acquisition de l'idiome vulgaire des insulaires de l'extrême Orient. Sept années d'enseignement m'ont en effet démontré combien il était nécessaire, je devrais dire indispensable, de mettre entre les mains des personnes qui commencent l'étude des langues orientales des ouvrages composés méthodiquement et dans lesquels les difficultés philologiques, écartées des premières leçons, n'apparaissent que successivement, au fur et à mesure des progrès des élèves. Quand il s'agit surtout d'aborder des littératures comme celles de la Chine et du Japon, dans lesquelles l'écriture, composée de plusieurs myriades de signes différents, vient compliquer d'une manière parfois effrayante le déchiffrement des premiers textes, le professeur ne saurait trop s'attacher, je crois, à éloigner dès l'abord ces complications graphiques tout-à-fait étrangères à la langue parlée, et à assurer à ses auditeurs la possession des principales règles de la phraséologie et celle d'un certain matériel de mots, avant d'aborder le style des livres qui n'a que trop souvent découragé les étudiants les plus zélés. Cette observation, très-vraie pour le chinois, l'est encore davantage pour le japonais où la complication de l'écriture atteint un degré dont on trouve peu ou point d'exemples chez les autres peuples du monde. Cette écriture, dans les éléments de laquelle peut entrer toute la série des caractères idéographiques de la Chine, se compose, en effet, du mélange de plusieurs syllabaires dont les signes sont susceptibles d'un nombre de variations à peu près incalculable. Enfin l'écriture des Japonais, au lieu de présenter la netteté, la précision, la régularité d'une écriture typographique, — comme celle des Chinois, où malgré la masse des signes divers, on peut distinguer dans leur ensemble des éléments de composition aisément reconnaissables, — l'écriture japonaise, dis-je, au moins celle qui sert aux usages journaliers, est de sa nature essentiellement cursive. Soumise à tous les caprices de chaque écrivain, qui en trace à sa façon les signes infiniment multiples et compliqués, elle présente parfois des caractères qui ne sont reconnaissables que pour les personnes déjà versées dans la connaissance du japonais, et qui, grâce à la possession préalable des mots du langage, devinent, comme nous le faisons souvent en lisant un manuscrit d'une écriture négligée, les lettres qui, isolément, seraient à peu près méconnaissables.

Je crois donc utile de commencer l'enseignement de la langue japonaise vulgaire, par un système qui éloigne momentanément toutes les complications de l'écriture. Ce système que j'ai déjà expérimenté, en me servant à mon cours du *Recueil de Thèmes* qui forme la septième partie de cette collection, a produit les meilleurs résultats; et je ne doute pas des facilités nouvelles qui résulteront de l'emploi en quelque sorte parallèle de ce dernier ouvrage et de celui

que je mets aujourd'hui entre les mains des tra-
vailleurs. Je suis, en effet, convaincu de la néces-
sité d'exercer simultanément les élèves à l'explication des textes et à la traduction dans la
langue qu'ils veulent apprendre de thèmes con-
venablement disposés. L'usage exclusif d'ouvrages
indigènes, pour l'enseignement d'une langue vulgaire surtout, offre, à mes yeux, de graves in-
convénients; et, si les *versions* exigent de l'esprit
un travail moins soutenu et moins fatigant que
les *thèmes*, c'est seulement au moyen de ceux-ci
qu'on peut arriver à parler correctement une
langue étrangère, à l'écrire, et même, dans une
certaine mesure et après une somme de travail
accomplie, à penser dans cette langue, ce qui
est sans conteste le résultat le plus parfait auquel
il soit possible d'atteindre.

J'aurais désiré faire paraître plus rapidement
les volumes qui formeront le recueil complet du
Cours de langue japonaise, dont la première série
est déjà fort avancée [1]; malheureusement, les

---

[1] Sur sept parties devant composer la première série du
Cours, nous avons déjà fait paraître:

I. *Résumé des principales connaissances nécessaires pour l'é-
tude de la Langue Japonaise;* in-8°.

III. *Guide de la Conversation japonaise;* in-8°.

devoirs de mon professorat d'une part, et de l'autre les travaux scientifiques que j'ai dû entreprendre [2] pour contribuer à la connaissance de l'ethnographie et de la littérature des peuples de race Jaune [3], ne me permettent point de consacrer à la publication de ce recueil autant de temps que je l'eusse souhaité. J'espère cepen-

---

VII. *Thèmes faciles et gradués pour l'étude de la Langue Japonaise ;* in-8°.

[2] J'ai publié, depuis l'apparition du dernier volume de ce *Cours :*

Traité de l'éducation des vers à soie au Japon, traduit pour la première fois du japonais. Publié par ordre de S. Exc. le Ministre de l'Agriculture. Paris, Imprimerie impériale, 1868, un vol. in-8° avec xx planches en couleur et II cartes géographiques.

Une seconde édition de cet ouvrage a paru tout récemment à la librairie Maisonneuve et Cie, quai Voltaire, 15, à Paris.

[3] Chargé d'une Conférence publique sur l'Histoire de la civilisation chez les peuples de race Jaune, dans un des amphithéâtres du Collége de France, j'ai dû entreprendre une révision générale de mon grand travail sur cette branche de la science ethnographique, travail qui comprendra les parties suivantes, parmi lesquelles la seconde sera prochainement livrée à l'impression:

I. — *Histoire de la civilisation chez les peuples de race Jaune;* 2 vol. in-8°.

II. — *Histoire de la langue chinoise;* 1 vol. in-8°.

III. — *Grammaire comparée des langues monosyllabiques* de l'Asie orientale; 1 vol. in-8°.

Une mention honorable et un prix de 1200 fr. ont été successivement décernés par l'Institut de France à deux fragments de cet ouvrage.

dant pouvoir mettre au jour, dans le courant de cette année, plusieurs nouveaux volumes et en livrer quelques autres à l'impression à la fin des vacances prochaines. L'impression des vocabulaires, l'un japonais-français, l'autre français-japonais, à laquelle j'attache une importance toute particulière pour le succès de mon cours, a été retardée par des circonstances indépendantes de ma volonté et dont je n'ai d'ailleurs qu'à me féliciter. M. Abel des Michels, un de mes auditeurs les plus distingués, qui s'était chargé de composer le *Vocabulaire Français-Japonais*, a été appelé à professer la langue annamite ou cochinchinoise à l'École annexe de la Sorbonne, ce qui l'a obligé à employer tous ses instants à la publication des livres rendus nécessaires par suite de l'enseignement nouveau en France dont le soin lui était confié. Quant au *Vocabulaire Japonais-Français*, pour lequel j'ai réuni, depuis 1854, un nombre considérable d'éléments puisés en grande partie à des sources originales et complétés au fur et à mesure de mes lectures, je n'ai plus qu'à en extraire les mots nécessaires pour la première série de mon *Cours*. Ce travail serait déjà avancé si un autre de mes élèves distingués, M. Jules Sarazin, qui a bien voulu m'offrir sa collaboration pour cet ouvrage, n'avait été de son côté obligé de se livrer exclusivement pour le moment à une traduction dont l'accomplissement doit contribuer au succès de sa carrière.

Malgré ces retards, inévitables dans une publication de ce genre, je crois être à même de promettre aux amis des lettres japonaises qu'aucune interruption ne viendra arrêter la marche de notre entreprise ; et, en même temps que la première série court vers son achèvement, plusieurs volumes des autres séries (Enseignement secondaire et supérieur) sont déjà avancés ou même sous presse.

Si le public adonné aux études orientales répond au dévouement des éditeurs, MM. Maisonneuve et Cie, qui ne reculent jamais devant les dépenses qu'entraîne l'impression d'ouvrages utiles, notre collection sera bientôt entre les mains de tous les étudiants désireux de s'initier à la civilisation du peuple le plus actif et aujourd'hui le plus avancé de tout le continent asiatique.

Les Corluis-du-Perreux, le 6 mai 1869.

LÉON DE ROSNY.

EXERCICES PRÉPARATOIRES

SUR

LA DÉCLINAISON & LA CONJUGAISON
DE LA LANGUE JAPONAISE VULGAIRE.

Les commençants, qui n'auront pu acquérir une connaissance suffisante des principes de la *Grammaire japonaise*, feront bien d'étudier les paradigmes de déclinaison et de conjugaison que nous avons réunis ci-après, au moment d'aborder l'explication des textes gradués de ce volume. Ceux qui disposeraient d'un temps suffisant pourront, en outre, s'exercer à décliner et à conjuguer les mots que nous avons ajoutés dans ce but à la fin de chacun de nos paradigmes.

A. — Déclinaison.

§ I. — Déclinaison des substantifs.

Nominatif, *va* ou *wa*, le, la, les.

Génitif, *no*, du, de la, des.

Datif, *ni*, ou *ye*, au, à la, aux.

Accusatif, *wo*, le, la, les.

Ablatif, *yori* ou *kara*, du, de la, des.

Instrumental, *de*, avec le, avec la, avec les, *ou* au moyen du, au moyen de la, au moyen des.

Otoko « l'homme ».

Nominatif, *Otoko-wa*, l'homme.

Génitif, *Otoko-no*, de l'homme.

Datif, *Otoko-ni* ou *Otoko-ye*, à l'homme.

Accusatif, *Otoko-wo*, l'homme.

Ablatif, *Otoko-yori* ou *Otoko-kara*, de l'homme, *ou* provenant de l'homme.

Instrumental, *Otoko-de*, avec l'homme, *ou* au moyen de l'homme.

Déclinez de même :

titi, le père.

kodomo, l'enfant.

musŭko, le fils.

tatŭ, le dragon.

mŭma, le cheval.

inu, le chien.

usi, le bœuf.

neko, le chat.

nezŭmi, le rat.

tori, l'oiseau.

hebi, le serpent.

musi, le ver.

sakana, le poisson.

ki, l'arbre.

kudamono, le fruit.

kane, le métal.

kin, l'or.

gin, l'argent.

kumo, le nuage.

kaze, le vent.

kuni, le royaume.

syo-motŭ, le livre.

fude, le pinceau.

kami, le papier.

Les Japonais n'ont point de forme particulière pour indiquer le féminin ; et la déclinaison des mots appartenant dans notre langue à ce genre, est identiquement la même que celle des mots masculins.

ONNA « la femme ».

Nominatif, *Onna-wa*, la femme.

Génitif, *Onna-no*, de la femme.

Datif, *Onna-ni* ou *Onna-ye*, à la femme, vers la femme.

Accusatif, *Onna-wo*, la femme.

Ablatif, *Onna-yori* ou *Onna-kara*, de la femme.

Instrumental, *Onna-de*, avec la femme *ou* au moyen de la femme.

Déclinez de même :

haha, la mère.
musŭme, la fille.
atama, la tête.
kuti, la bouche.
te, la main.
kawa, la peau.
hige, la barbe.
iyé, la maison.
he-ya, la chambre.

kusa, la plante.
ha, la feuille.
hána, la fleur.
yama, la montagne.
tani, la vallée.
kawa, la rivière.
umi, la mer.
isi, la pierre.
miti, la route.
sima, l'île.
niku, la viande.
si-goto, l'affaire.
te-gami, la lettre.
sumi, l'encre.
tosi, l'année.

§ II. — Déclinaison des pronoms.

Les pronoms se déclinent avec les mêmes suffixes ou postpositions que les noms :

WATAKUSI « moi ».

Nominatif, *watakŭsi-wa*, moi.
Génitif, *watakŭsi-no*, de moi.
Datif, *watakŭsi-ni* ou *watakŭsi-ye*, à moi.
Accusatif, *watakŭsi-wo*, moi.

Ablatif, *watakŭsi-yori*, de moi.
Instrumental, *watakusi-de*, avec moi, *ou* au moyen de moi.

ANATA «toi» ou «vous».

Nominatif, *anata-wa*, vous.
Génitif, *anata-no*, de vous.

Datif, *anata-ni* ou *anata-ye* à vous, *ou* vers vous.

Accusatif, *anata-wo*, vous.

Ablatif, *anata-yori*, de vous.

Instrumental, *anata-de*, avec vous, *ou* au moyen de vous.

Ano-hito « lui ».

Nominatif, *ano-hito-wa*, lui.

Génitif, *ano-hito-no*, de lui.

Datif, *ano-hito-ni* ou *ano-hito-ye*, à lui, *ou* vers lui.

Accusatif, *ano-hito-wo*, lui.

Ablatif, *ano-hito-yori*, de lui.

Instrumental, *ano-hito-de*, avec lui, *ou* au moyen de lui.

Déclinez de même:

ses-sya, moi.

temae, toi.

kimi, vous.

go-zen, vous.

kare, lui.

ano o-kata, lui.

kono-hito, lui, cet homme-ci.

ano-onna, elle, cette femme.

B. — Conjugaison [1].

§ I. — Verbe actif affirmatif.

Sŭku « aimer ».

Indicatif.

Présent.

Watakŭsi-wa sŭki-masŭ, j'aime.

Anata-wa sŭki-masŭ, tu aimes.

Ano-hito-wa sŭki-masŭ, il aime.

Watakŭsi-domo-wa sŭki-masŭ, nous aimons.

Anata-gata-wa sŭki-masŭ, vous aimez.

Ano-hito-tati-wa sŭki-masŭ ils aiment.

---

[1]) J'ai cru devoir réduire à leur plus simple expression les paradigmes de conjugaison disposés ici pour l'usage des commençants et n'y admettre que les formes verbales les plus usitées. Pour les autres formes, voy. la *Grammaire*.

Passé.

Watakŭsi-wa sŭki-masĭta, j'aimais.

Anata-wa sŭki-masĭta, tu aimais.

Ano-hito-wa sŭkĭ-masĭta, il aimait.

Watakŭsi-domo-wa sŭki-masĭta, nous aimions.

Anata-gata-wa sŭki-masĭta, vous aimiez.

Ano-hito-tati-wa sŭki-masĭta, ils aimaient.

Futur.

Watakŭsi-wa sŭki-masyau, j'aimerai.

Anata-wa sŭki-masyau, tu aimeras.

Ano-hito-wa sŭki-masyau, il aimera.

Watakŭsi-domo-wa sŭki-masyau, nous aimerons.

Anata-gata-wa sŭki-masyau, vous aimerez.

Ano-hito-tati-wa sŭki-masyau, ils aimeront.

IMPÉRATIF.

O-sŭki-nasai-masi, aimez.

CONDITIONNEL.
Présent.

Watakŭsi-wa sŭki-masŭ-naraba, si j'aime.

Anata-wa sŭki-masŭ-naraba, si tu aimes.

Ano hito-wa sŭki-masŭ-naraba, s'il aime.

Watakŭsi-domo-wa sŭki-masŭ-naraba, si nous aimons.

Anata-gata-wa sŭki-masŭ-naraba, si vous aimez.

Ano-hito-tati-wa sŭki-masŭ-naraba, s'ils aiment.

Passé.

Watakŭsi-wa sŭki-masĭta naraba, si j'aimais.

Anata-wa sŭki-masĭta naraba, si tu aimais.

Ano-hito-wa sŭki-masĭta-naraba, s'il aimait.

Watakusi-domo-wa sŭki-masĭta-naraba, si nous aimions.

Anata-gata-wa sŭki-masĭta-naraba, si vous aimiez.

Ano-hito-tati-wa sŭki-masĭta-naraba, s'ils aimaient.

Futur [1].

Watakŭsi-wa sŭki-masyau-naraba, si je dois aimer.

Anata-wa sŭki-masyau-na-raba, si tu dois aimer.

Ano-hito-wa sŭki-masyau-naraba, s'il doit aimer.

Watakŭsi-domo-wa sŭki-masyau-naraba, si nous devons aimer.

Anata-gata-wa sŭki-ma-syau-naraba, si vous devez aimer.

Ano-hito-tati-wa sŭki-ma-syau-naraba, s'ils doivent aimer [2].

INFINITIF.

Présent.

Sŭku, aimer.

PARTICIPE.

Présent.

Sŭki-masite, aimant.

Passé.

Sŭki-masĭta, aimé, aimée.

Conjuguez de même:

Kaku, écrire.
Konomu, aimer.
Yomu, lire.
Nomu, boire.
Nemuru, dormir.
Hairu, entrer.
Horu, graver.
Yobu, appeler.
Masŭ, augmenter.
Utŭ, battre.
Yaku, brûler.
Wasiru, courir.
Kesŭ, effacer.
Siru, savoir.
Manabu, étudier.
Hiraku, ouvrir.
Tŭkawasŭ, envoyer.
Uru, vendre.
Kiru, couper.
Toru, prendre.

[1]) Ce temps est à peu près inusité; nous ne le donnons que pour compléter cette partie du paradigme.

[2]) Nous avons dû présenter ces paradigmes, avec toutes les personnes, dans l'intérêt des Japonais qui se serviront de ce livre pour apprendre le français.

Kitaru, venir.

Eramu, choisir.

Sosiru, médire.

Kakusŭ, cacher.

Tŭiyasŭ, dépenser.

Yurusŭ, excuser.

Les verbes suivants suppriment leur dernière syllabe pour former le radical dans la conjugaison, et, cela fait, ils se conjuguent comme les verbes précédents : *miru*, voir ; présent : *mi-masŭ*, je vois ; — *neru*, coucher ; présent : *ne-masŭ*, je couche ; — *yameru*, cesser ; présent : *yame-masŭ*, je cesse ; — *niru*, cuire ; présent : *ni-masŭ*, je cuis ; — *mazeru*, mêler ; présent : *maze-masŭ*, je mêle ; — *kiru*, habiller ; présent : *ki-masŭ*, j'habille.

II. — Verbe actif négatif.

SŬKANU « ne pas aimer ».

INDICATIF.

Présent.

Watakŭsi-wa sŭki-masenŭ je n'aime pas.

Anata-wa sŭki-masenŭ, tu n'aime pas.

Ano-hito-wa sŭki-masenŭ, il n'aime pas.

Watakŭsi-domo-wa sŭki-masenŭ, nous n'aimons pas.

Anata-gata-wa sŭki-masenŭ, vous n'aimez pas.

Ano-hito-tati-wa sŭki-masenŭ, ils n'aiment pas.

Passé.

Watakŭsi-wa sŭki-masenanda, je n'aimais pas.

Anata-wa sŭki-masenanda, tu n'aimais pas.

Ano-hito-wa sŭki-masenanda, il n'aimait pas.

Watakŭsi-domo-wa sŭki-

masenanda, nous n'ai-mions pas.

Anata-gata-wa sŭki-mase-nanda, vous n'aimiez pas.

Ano-hito-tati-wa sŭki-mase-nanda, ils n'aimaient pas.

Futur.

Watakŭsi-wa sŭki-masoŭ-mai, je n'aimerai pas.

Anata-wa sŭki-masŭ-mai, tu n'aimeras pas.

Ano-hito-wa sŭki-masŭ-mai, il n'aimera pas.

Watakŭsi-domo-wa sŭki-masŭ-mai, nous n'aime-rons pas.

Anata-gata-wa sŭki-masŭ-mai, vous n'aimerez pas.

Ano-hito-tati-wa sŭki-masŭ mai, ils n'aimeront pas.

IMPÉRATIF.

Sŭkanai ou *O sŭki-nasa-runa*, n'aimez pas !

CONDITIONNEL.

Présent.

Watakŭsi-wa sŭki-masenŭ-naraba, si je n'aime pas.

Anata-wa sŭki-masenŭ-na-raba, si tu n'aimes pas.

Ano-hito-wa sŭki-masenŭ-naraba, s'il n'aime pas.

Watakŭsi-domo-wa sŭki-masenŭ-naraba, si nous n'aimons pas.

Anata-gata-wa sŭki-mase-nŭ-naraba, si vous n'ai-mez pas.

Ano-hito-tati-wa sŭki-ma-senŭ-naraba, s'ils n'aiment pas.

Passé.

Watakŭsi-wa sŭki-mase-nanda-naraba, si je n'avais pas aimé.

Anata-wa sŭki-masenanda-naraba, si tu n'avais pas aimé.

Ano-hito-wa sŭki-masenan-da-naraba, s'il n'avait pas aimé.

Watakŭsi-domo-wa sŭki-masenanda-naraba, si nous n'avions pas aimé.

Anata-gata-wa sŭki-mase-nanda naraba, si vous n'a-viez pas aimé.

Ano-hito-tati-wa sŭki-ma-senanda naraba, s'ils n'a-vaient pas aimé.

Futur.

Watakŭsi-wa sŭki-masŭ-mai-naraba, si je ne dois pas aimer.

Anata-wa sŭki-masŭ-mai-naraba, si tu ne dois pas aimer.

Ano-hito-wa sŭki-masŭ-mai-naraba, s'il ne doit pas aimer.

Watakŭsi-domo-wa sŭki-masŭ-mai-naraba, si nous ne devons pas aimer.

Anata-gata-wa sŭki-masŭ-mai-naraba, si vous ne devez pas aimer.

Ano-hito-tati-wa sŭki-ma-sŭ-mai-naraba, s'ils ne doivent pas aimer.

INFINITIF.

Présent.

Sŭkanu, ne pas aimer.

PARTICIPE.

Présent.

Sŭki-masenande, n'aimant pas.

Passé.

Sŭki-masenanda, n'ayant pas aimé.

Conjuguez de même :

kakanu, ne pas écrire.
konomanu, ne pas aimer.
yomanu, ne pas lire.
nomanu, ne pas boire.
nemuranu, ne pas dormir.
hairanu, ne pas entrer.
horanu, ne pas graver.
yobanu, ne pas appeler.

masanu, ne pas augmenter.
utanu, ne pas battre.
yokanu, ne pas brûler.
wasiranu, ne pas courir.
kesanu, ne pas effacer.
siranu, ne pas savoir.
manabanu, ne pas étudier.
hirakanu, ne pas ouvrir.
tŭkawasanu, ne pas envoyer.
uranu, ne pas vendre.

kiranu, ne pas couper.

toranu, ne pas prendre.

kitaranu, ne pas venir.

eramanu, ne pas choisir.

sosiranou, ne pas médire.

kakŭsanou, ne pas cacher.

tuiyasanu, ne pas dépenser.

yurusanu, ne pas courir.

INFINITIF.

minu, ne pas voir.

nenu, ne pas coucher.

yamenu, ne pas cesser.

ninu, ne pas cuire.

mazenu, ne pas mélanger.

kinu, ne pas habiller.

Présent.

mi-masenu.

ne-masenu.

yame-masenu.

ni-masenu.

maze-masenu.

ki-masenu.

§ III. — Verbe passif affirmatif.

SŬKARERU «être aimé».

INDICATIF.

Présent.

Watakŭsi-wa sŭkare-masŭ je suis aimé.

Anata-wa sŭkare-masŭ, tu es aimé.

Ano-hito-wa sŭkare-masŭ, il est aimé.

Watakŭsi-domo-wa sŭkare-masŭ, nous sommes aimés.

Anata-gata-wa sŭkare-masŭ vous êtes aimés.

Ano-hito-tati-wa sŭkare-ma-sŭ, ils sont aimés.

Passé.

Watakŭsi-wa sŭkare-masĭta, j'étais aimé.

Anata-wa sŭkare-masĭta, tu étais aimé.

Ano-hito-wa sŭkare-masĭta, il était aimé.

Watakŭsi domo-wa sŭkare-masĭta, nous étions aimés.

Anata-gata-wa sŭkare-masĭta, vous étiez aimés.

Ano-hito-tati-wa sŭkaré-masĭta, ils étaient aimés.

Futur.

Watakŭsi-wa sŭkare-ma-syau, je serai aimé.

Anata-wa sŭkare-masyau, tu seras aimé.

Ano-hito-wa sŭkare-masyau, il sera aimé.

Watakŭsi-domo-wa sŭkare-masyau, nous serons aimés.

Anata-gata-wa sŭkare-ma-syau, vous serez aimés.

Ano-hito-tati-wa sŭkaré-masyau, ils seront aimés.

IMPÉRATIF.

O sŭkare-nasai-masi, soyez aimé !

CONDITIONNEL.

Présent.

Watakŭsi-wa sŭkare-masŭ-naraba, si j'étais aimé.

Anata-wa sŭkare-masŭ-na-raba, si tu étais aimé.

Ano-hito-wa sŭkare-masŭ-naraba, s'il était aimé.

Watakŭsi-domo-wa sŭkare-masŭ-naraba, si nous étions aimés.

Anata-gata-wa sŭkare-ma-sŭ-naraba, si vous étiez aimés.

Ano-hito-tati-wa sŭkare-masŭ-naraba, s'ils étaient aimés.

Passé.

Watakŭsi-wa sŭkare-masĭta-naraba, si j'avais été aimé.

Anata-wa sŭkare-masĭta-na-raba, si tu avais été aimé.

Ano-hito-wa sŭkare-masĭta-naraba, s'il avait été aimé.

Watakŭsi-domo-wa sŭkare-masĭta-naraba, si nous a-vions été aimés.

Anata-gata-wa sŭkare-ma-sĭta-naraba, si vous aviez été aimés.

Ano-hito-tati-wa sŭkare-ma-sĭta-naraba, s'ils avaient été aimés.

Futur.

Watakoŭsi-wa sŭkare-ma-syau-naraba, si je dois être aimé.

Anata-wa sŭkare-masyau-naraba, si tu dois être aimé.

Ano-hito-wa sŭkare-masyau-naraba, s'il doit être aimé.

Watakŭsi-domo-wa sŭkare-masyau-naraba, si nous devons être aimés.

Anata-gata-wa sŭkare-masyau-naraba, si vous devez être aimés.

Ano-hito-tati-wa sŭkare-masyau-naraba, s'ils doivent être aimés.

INFINITIF.

Sŭkarerŭ, être aimé.

PARTICIPE.

Présent.

Sŭkare-masite, étant aimé.

Passé.

Sŭkare-masĭta, ayant été aimé *ou* aimée.

Conjuguez de même:

INFINITIF.	Présent [1].
kakareru, être écrit.	*kakare-masŭ*, je suis écrit.
konomareru, être aimé.	*konomare-masŭ*, je suis aimé.
yomareru, être lu.	*yomare-masŭ*, je suis lu.
nomareru, être bu.	*nomare-masŭ*, je suis bu.
hairareru, être entré.	*hairare-masŭ*, je suis entré.
horareru, être gravé.	*horare-masŭ*, je suis gravé.
yobareru, être appelé.	*yobare-masŭ*, je suis appelé.
utareru, être battu.	*utare-masŭ*, je suis battu.
yakareru, être brûlé.	*yakare-masŭ*, je suis brûlé.
kesareru, être effacé.	*kesare-masŭ*, je suis effacé.
sirareru, être su.	*sirare-masŭ*, je suis su.

---

[1]) Une partie de ces verbes ne sont usités, dans la forme passive, que comme verbes impersonnels.

manabareru, être étudié. | *manabare-masŭ*, je suis étudié.
hirakareru, être ouvert. | *hirakare-masŭ*, je suis ouvert.
tŭkawasareru, être envoyé. | *tukawasare-masŭ*, je suis envoyé.
urareru, être vendu. | *urare-masŭ*, je suis vendu.
kirareru, être coupé. | *kirare-masŭ*, je suis coupé.
torareru, être pris. | *torare-masŭ*, je suis pris.
eramareru, être choisi. | *eramare-masŭ*, je suis choisi.
kakusareru, être caché. | *kakusare-masŭ*, je suis caché.
tŭiyasareru, être dépensé. | *tŭiyasare-masŭ*, je suis dépensé.
yurusareru, être excusé. | *yurusare-masŭ*, je suis excusé.
mirareru, être vu. | *mirare-masŭ*, je suis vu.
nerareru, être couché. | *nerare-masŭ*, je suis couché.
yamerareru, être terminé. | *yamerare-masŭ*, je suis terminé.
nirareru, être cuit. | *nirare-masŭ*, je suis cuit.
mazerareru, être mêlé. | *mazerare-masŭ*, je suis mêlé.
kirareru, être habillé. | *kirare-masŭ*, je suis habillé.

§ IV. — Verbe passif négatif.

SŭKARÉNU « ne pas être aimé ».

INDICATIF.

Présent.

Watakŭsi-wa sŭkare-masenŭ, je ne suis pas aimé.

Anata-wa sŭkare-masenŭ, tu n'es pas aimé.

Ano-hito-wa sŭkare-masenu, il n'est pas aimé.

Watakŭsi-domo-wa sŭkare-masenŭ, nous ne sommes pas aimés.

Anata-gata-wa sŭkare-ma-senŭ, vous n'êtes pas aimés.

Ano-hito-tati-wa sŭkare-masenŭ, ils ne sont pas aimés.

Passé.

Watakŭsi-wa sŭkare-mase-nanda, je n'étais pas aimé.

Anata-wa sŭkare-masenan-da, tu n'étais pas aimé.

Ano-hito-wa sŭkare-mase-nanda, il n'était pas aimé.

Watakŭsi-domo-wa sŭkare-masenanda, nous n'étions pas aimés.

Anata-gata-wa sŭkare-ma-senanda, vous n'étiez pas aimés.

Ano-hito-tati-wa sŭkare-masenanda, ils n'étaient pas aimés.

Futur.

Watakŭsi-wa sŭkare-masŭ-mai, je ne serai pas aimé.

Anata-wa sŭkare-masŭ-mai, tu ne seras pas aimé.

Ano-hito-wa sŭkare-masŭ-mai, il ne sera pas aimé.

Watakŭsi-domo-wa sŭkare-masŭ-mai, nous ne serons pas aimés.

Anata-gata-wa sŭkare-ma-sŭ-mai, vous ne serez pas aimés.

Ano-hito-tati-wa sŭkare-masŭ-mai, ils ne seront pas aimés.

IMPÉRATIF.

O sŭkare-nasarŭ-na, ne soyez pas aimé!

CONDITIONNEL.

Watakŭsi-wa sŭkare-mase-nŭ naraba, si je ne suis pas aimé.

Anata-wa sŭkare-masenŭ-naraba, si tu n'es pas aimé.

Ano-hito-wa sŭkare-mase-nŭ-naraba, s'il n'est pas aimé.

Watakŭsi-domo-wa sŭkaré-masenŭ-naraba, si nous ne sommes pas aimés.

Anata-gata-wa sŭkare-ma-senŭ-naraba, si vous n'ê-tes pas aimés.

Ano-hito-tati-wa sŭkare-masenŭ-naraba, s'ils ne sont pas aimés.

Passé.

Watakŭsi-wa sŭkare-masenanda-naraba, si je n'avais pas été aimé.

Anata-wa sŭkare-masenanda-naraba, si tu n'avais pas été aimé.

Ano-hito-wa sŭkare-masenanda-naraba, s'il n'avait pas été aimé.

Watakŭsi-domo-wa sŭkare-masenanda-naraba, si nous n'avions pas été aimés.

Anata-gata-wa sŭkare-masenanda naraba, si vous n'aviez pas été aimés.

Ano-hito-tati-wa sŭkare-masenanda-naraba, s'ils n'avaient pas été aimés.

Futur.

Watakŭsi-wa sŭkare-masŭ-mai-naraba, si je ne dois pas être aimé.

Anata-wa sŭkare-masŭ-mai-naraba, si tu ne dois pas être aimé.

Ano-hito-wa sŭkare-masŭ-mai-naraba, s'il ne doit pas être aimé.

Watakŭsi-domo-wa sŭkare-masŭ-mai-naraba, si nous ne devons pas être aimés.

Anata-gata-wa sŭkare-masŭ-mai-naraba, si vous ne devez pas être aimés.

Ano-hito-tati-wa sŭkare-masŭ-mai-naraba, s'ils ne doivent pas être aimés.

INFINITIF.

Sŭkarenŭ, ne pas être aimé.

PARTICIPE.

Présent.

Sŭkare-masenande, n'étant pas aimé.

Passé.

Sŭkare-masenanda, n'ayant pas été aimé.

Conjuguez de même :

Konomare-masenŭ, ne pas être aimé.

Yomare-masenŭ, ne pas être lu.

Nomare-masenŭ, ne pas être bu.

Hairare-masenŭ, n'être pas entré.

Horare-masenŭ, ne pas être gravé.

Yobare-masenŭ, ne pas être appelé.

Utare-masenŭ, ne pas être battu.

Yakare-masenu, ne pas être brûlé.

Kesare-masenu, ne pas être effacé.

Sirare-masenŭ, ne pas être su.

Manabare-masenŭ, ne pas être étudié.

Hirakare-masenŭ, ne pas être ouvert.

Tŭkawasare-masenŭ, ne pas être envoyé.

Urare-masenŭ, ne pas être vendu.

Kirare-masenŭ, ne pas être coupé.

Torare-masenŭ, ne pas être pris.

Eramare-masenŭ, ne pas être choisi.

Kakusare-masenŭ, ne pas être caché.

Tŭiyasare-masenŭ, ne pas être dépensé.

Yurusare-masenŭ, ne pas être excusé.

Mirare-masenŭ, ne pas être vu.

Nerare-masenŭ, ne pas être couché.

Yamerare-masenŭ, ne pas être terminé.

Nirare-masenŭ, ne pas être cuit.

Mazerare-masenŭ, ne pas être mêlé.

Kirare-masenŭ, ne pas être habillé.

N.B. — Une partie de ces verbes, dans leur forme passive négative, ne sont communément usités que comme verbes unipersonnels.

§ V. — Verbe adjectif affirmatif.

Sŭru « faire ».

INDICATIF.

Présent.

Watakŭsi-wa si-masŭ, je fais.

Anata-wa si-masŭ, tu fais.

Ano-hito-wa si-masŭ, il fait.

Watakŭsi-domo-wa si-masŭ nous faisons.

Anata-gata-wa si-masŭ, vous faites.

Ano-hito-tati-wa si-masŭ, ils font.

Passé.

Watakŭsi-wa si-masĭta, je faisais.

Anata-wa si-masĭta, tu faisais.

Ano-hito-wa si-masĭta, il faisait.

Watakŭsi-domo-wa si-masĭta, nous faisions.

Anata-gata-wa si-masĭta, vous faisiez.

Ano-hito-tati-wa si-masĭta, ils faisaient.

Futur.

Watakŭsi-wa si-masyau, je ferai.

Anata-wa si-masyau, tu feras.

Ano-hito-wa si-masyau, il fera.

Watakŭsi-domo-wa si-masyau, nous ferons.

Anata-gata-wa si-masyau, vous ferez.

Ano-hito-tati-wa si-masyau, ils feront.

IMPÉRATIF.

Si-ro, fais !

Nasai-masi, veuillez faire !

CONDITIONNEL.

Présent.

Watakŭsi-wa si-masŭ-na-raba, si je faisais.

Anata-wa si-masŭ-naraba, si tu faisais.

Ano-hito-wa si-masŭ-naraba, s'il faisait.

Watakŭsi-domo-wa si-ma-sŭ-naraba, si nous faisions.

Anata-gata-wa si-masŭ-na-raba, si vous faisiez.

Watakŭsi-domo-wa si-ma-sŭ-naraba, s'ils faisaient.

Passé.

Watakŭsi-wa si-masĭta-na-raba, si j'avais fait.

Anata-wa si-masĭta-nara-ba, si tu avais fait.

Ano-hito-wa si-masĭta-na-raba, s'il avait fait.

Watakŭsi-domo-wa si-ma-sĭta-naraba, si nous avions fait.

Anata-gata-wa si-masĭta-naraba, si vous aviez fait.

Ano-hito-tati-wa si-masĭta-naraba, s'ils avaient fait.

Futur.

Watakŭsi-wa si-masyau-naraba, si je devais faire.

Anata-wa si-masyau-nara-ba, si tu devais faire.

Ano-hito-wa, si-masyau-na-raba, s'il devait faire.

Watakŭsi-domo-wa si-ma-syau-naraba, si nous devions faire.

Anata-gata-wa si-masyau-naraba, si vous deviez faire.

Ano-hito-tati-wa si-masyau-naraba, s'ils devaient faire.

INFINITIF.

Présent.

Sŭru, faire.

PARTICIPE.

Présent.

Si-masite, faisant.

Passé.

Si-masita, fait.

§ VI. — Verbe adjectif négatif.

SENU « ne pas faire ».

INDICATIF.

Présent.

Watakŭsi-wa si-masenŭ, je ne fais pas.

Anata-wa si-masenŭ, tu ne fais pas.

Ano-hito-wa si-masenŭ, il ne fait pas.

Watakŭsi-domo-wa si-ma-senŭ, nous ne faisons pas.

Anata-gata-wa si-masenŭ, vous ne faites pas.

Ano-hito-tati-wa si-masenŭ, ils ne font pas.

Passé.

Watakŭsi-wa si-masenan-da, je ne faisais pas.

Ano-hito-wa si-masenanda, tu ne faisais pas.

Ano-hito-wa si-masenanda, il ne faisait pas.

Watakŭsi-domo-wa si-ma-senanda, nous ne faisions pas.

Anata-gata-wa si-masenan-da, vous ne faisiez pas.

Ano-hito-tati-wa si-mase-nanda, ils ne faisaient pas.

Futur.

Watakŭsi-wa si-masŭ-mai, je ne ferai pas.

Anata-wa si-masŭ-mai, tu ne feras pas.

Ano-hito-wa si-masŭ-mai, il ne fera pas.

Watakŭsi-domo-wa si-ma-sŭ-mai, nous ne ferons pas.

Anata-gata-wa si-masŭ-mai vous ne ferez pas.

Ano-hito-tati-wa si-masŭ-mai, ils ne feront pas.

IMPÉRATIF.

O si-nasaru-na, ne faites pas!

CONDITIONNEL.

Présent.

Watakŭsi-wa si-masenŭ-na-raba, si je ne faisais pas.

Anata-wa si-masenŭ-naraba, si tu ne faisais pas.

Ano-hito-wa si-masenŭ-na-raba, s'il ne faisait pas.

Watakŭsi-domo-wa si-ma-senŭ-naraba, si nous ne faisions pas.

Anata-gata-wa si-masenŭ-naraba, si vous ne faisiez pas.

Ano-hito-tati-wa si-masenŭ-naraba, s'ils ne faisaient pas.

Passé.

Watakŭsi-wa si-masenanda-naraba, si je n'avais pas fait.

Anata-wa si-masenanda-na-raba, si tu n'avais pas fait.

Ano-hito-wa si-masenanda-naraba, s'il n'avait pas fait.

Watakŭsi-domo-wa si-ma-senanda-naraba, si nous n'avions pas fait.

Anata-gata-wa si-masenan-da-naraba, si vous n'aviez pas fait.

Ano-hito-tati-wa si-mase-nanda-naraba, s'ils n'a-vaient pas fait.

Futur.

Watakŭsi-wa si-masŭ-mai-naraba, si je ne dois pas faire.

Anata-wa si-masŭ-mai-na-raba, si tu ne dois pas faire.

Ano-hito-wa si-masŭ-mai-na-raba, s'il ne doit pas faire.

Watakŭsi-wa si-masŭ-mai-naraba, si nous ne devons pas faire.

Anata-gata si-masŭ-mai-na-

raba, si vous ne devez pas faire.

Ano-hito-tati-wa si-masu-mai-naraba, s'ils ne doi-vent pas faire.

INFINITIF.

Présent.

Senŭ, ne pas faire.

PARTICIPE.

Présent.

Si-masenande, ne faisant pas.

Passé.

Si-masenanda, pas fait.

Conjuguez de même:

Ai-sŭrŭ « aimer ». — Impé-ratif: *ai-se* « aimez » !

Ben-kyo-sŭru « travailler ». — Impératif: *ben-kyó-si-ro* « travaillez » !

Ai-senu « ne pas aimer ».

Ben-kyo-senu « ne pas tra-vailler ».

§ VII. — Verbe causatif.

MISERU « faire voir ».

INDICATIF.

Présent.

Watakŭsi-wa mise-masŭ, je fais voir.

Anata-wa mise-masŭ, tu fais voir.

Ano-hito-wa mise-masŭ, il fait voir.

Watakŭsi-domo-wa mise-masŭ, nous faisons voir.

Anata-gata-wa mise-masŭ, vous faites voir.

Ano-hito-tati-wa mise-masŭ, ils font voir.

Passé.

Watakŭsi-wa mise-masĭta, je faisais voir.

Anatà-wa mise-masĭta, tu faisais voir.

Ano-hito-wa mise-masĭta, il faisait voir.

Watakŭsi-domo-wa mise-masĭta, nous faisions voir.

Anata-gata-wa mise-masĭta, vous faisiez voir.

Ano-hito-tati-wa mise-masĭta, ils faisaient voir.

Futur.

Watakŭsi-wa mise-masyau, je ferai voir.

Anata-wa mise-masyau, tu feras voir.

Ano-hito-wa mise-masyau, il fera voir.

Watakŭsi-domo-wa mise-masyau, nous ferons voir.

Anata-gata-wa mise-masyau, vous ferez voir.

Ano-hito-tati-wa mise-masyau, ils feront voir.

IMPÉRATIF.

Mise-ro, mise-nasai, ou *o-mise-nasai-masi*, fais voir !

CONDITIONNEL [1].

Présent.

Watakŭsi-ga mise-masŭ-naraba, si je fais voir.

---

[1] Dans une phrase au conditionnel, le sujet s'emploie toujours avec la particule *ga*.

Anata-ga mise-masŭ-naraba, si tu fais voir.

Ano-hito-ga mise-masŭ-naraba, s'il fait voir.

Watakŭsi-domo-ga mise-masŭ-naraba, si nous faisons voir.

Anata-gata-ga mise-masŭ-naraba, si vous faites voir.

Ano-hito-tati-ga mise-masŭ-naraba, s'ils font voir.

Passé.

Watakŭsi-ga mise-masĭta-naraba, si j'avais fait voir.

Anata-ga mise-masĭta-naraba, si tu avais fait voir.

Ano-hito-ga mise-masĭta-naraba, s'il avait fait voir.

Watakŭsi-domo-ga mise-masĭta-naraba, si nous avions fait voir.

Anata-gata-ga mise-masĭta-naraba, si vous aviez fait voir.

Ano-hito-tati-ga mise-masĭta-naraba, s'ils avaient fait voir.

Futur.

Watakŭsi-ga mise-masyau naraba, si je dois faire voir.

Anata-ga mise-masyau-naraba, si tu dois faire voir.

Ano-hito-ga mise-masyau-naraba, s'il doit faire voir.

Watakŭsi-domo-ga mise-masyau-naraba, si nous devons faire voir.

Anata gata-ga mise-masyau-naraba, si vous devez faire voir.

Ano-hito-tati-wa mise-masyau-naraba, s'ils doivent faire voir.

Infinitif.

Miseru, faire voir.

Participe.

Mise-masite, en faisant voir.

Passé.

Mise-masita, fait voir.

§ VIII. — Verbe optatif.

YOMI-TAI « désirer lire ».

INDICATIF.

Présent.

Watakŭsi-va yomi-tau-gozai-masŭ, je désire lire.

Anata-wa yomi-tau-gozai-masŭ, tu désires lire.

Ano-hito-wa yomi-tau-gozai-masŭ, il désire lire.

Watakŭsi-domo-wa yomi-tau-gozai-masŭ, nous désirons lire.

Anata-gata-wa yomi-tau-gozai-masŭ, vous désirez lire.

Ano-hito-tati-wa yomi-tau-gozai-masŭ, ils désirent lire.

Passé.

Watakŭsi-wa yomi-tau-gozai-masĭta, je désirais lire.

Anata-wa yomi-tau-gozai-masĭta, tu désirais lire.

Ano-hito-wa yomi-tau-gozai-masĭta, il désirait lire.

Watakŭsi-domo-wa yomi-tau-gozai-masĭta, nous désirions lire.

Anata-gata-wa yomi-tau-go- *zai-masĭta*, vous désiriez lire.

Ano-hito-tati-wa yomi-tau-gozai-masĭta, ils desiraient lire.

Futur.

Watakŭsi-wa yomi-tau-gozai-masyau, je désirerai lire.

Anata-wa gomi-tau-gozai-ma-syau, tu désireras lire.

Ano-hito-wa yomi-tau-gozai-masyau, il désirera lire.

Watakŭsi-domo-wa yomi-tau-gozai-masyau, nous désirerons lire.

Anata-gata-wa yomi-tau-go-zai-masyau, vous désirerez lire.

Ano-hito-tati-wa yomi-tau-gozai-masyau, ils désireront lire.

IMPÉRATIF.

Inusité.

CONDITIONNEL.

Présent.

Watakŭsi-wa yomi-tau-go-

zai-masŭ-naraba, si je de-
sire lire.

*Anata-wa   yomi-tau-gozai-
masŭ-naraba*, si tu désires
lire.

*Ano-hito-wa yomi-tau-gozai-
masŭ-naraba*, s'il désire
lire.

*Watakŭsi-domo-wa   yomi-
tau-gozai-masŭ-naraba*, si
nous désirons lire.

*Anata-gata-wa yomi-tau-go-
zai-masŭ-naraba*, si vous
désirez lire.

*Ano-hito-tati-wa   yomi-tau-
gozai-masŭ-naraba*,   s'ils
désirent lire.

Passé.

*Watakŭsi-wa   yomi-tau-go-
zai-masĭta-naraba*, si j'a-
vais désiré lire.

*Anata-wa   yomi-tau-gozai-
masĭta-naraba*, si tu avais
désiré lire.

*Ano-hito-wa yomi-tau-gozai-
masĭta-naraba*, s'il avait
désiré lire.

*Watakŭsi-domo-wa   yomi-
tau-gozai-masĭta-noraba*,
si nous avions désiré lire.

*Anata-gata-wa yomi-tau-go-
zai-masĭta-naraba*, si vous
aviez désiré lire.

*Ano-hito-tati-wa   yomi-tau-
gozai-masĭta-naraba*, s'ils
avaient désiré lire.

Futur.

Inusité.

INFINITIF.

Yomi-tai, désirer lire.

PARTICIPE.

Présent.

Inusité.

Passé.

Yomi-tau-gozai-masĭta, désiré
lire.

Conjuguez de même :

Kaki-tai, désirer écrire.

Némuri-tai, désirer dormir.
Hairi-tai, désirer entrer.
Utŭ-tai, désirer battre.

Yaki-tai, désirer brûler.

Wasiri-tai, désirer courir.

Kesi-tai, désirer effacer.

Siri-tai, désirer savoir.

Manabi-tai, désirer étudier.

Hiraki-tai, désirer ouvrir.

Uri-tai, désirer vendre.

Kiri-tai, désirer couper.

Tori-tai, désirer prendre.

Ki-tai, désirer venir.

Erami-tai, désirer choisir.

Tŭiyasi-tai, désirer dépenser.

Yurusi-tai, désirer excuser.

§ X. — Verbe impersonnel.

YUKI-GA FURU « neiger».

INDICATIF.

Présent.

Yuki-ga furi-masŭ, il neige.

Passé.

Yuki-ga furi-masĭta, il neigeait.

Futur.

Yuki-ga furi-masyau, il neigera.

CONDITIONNEL.

Présent.

Yuki-ga furi-masŭ-naraba, s'il neige.

Passé.

Yuki-ga furi-masĭta-naraba, s'il avait neigé.

Futur.

Yuki-ga furi-masyau-naraba, s'il doit neiger.

INFINITIF.

Yuki-ga furu, neiger.

PARTICIPE.

Présent.

Yuki-ga furi-masite, en neigeant.

Passé.

Yuki-ga furi-masĭta, neigé.

Conjuguez de même :

Ame-ga furu, il pleut.

Arare-ga furu, il grésille.
Hyau-ga furu, il grêle.
Kaze-ga fuku, il vente.

Pour l'étude des autres formes des verbes japonais, voyez la *Grammaire*.

N.B. — Les élèves devront, avant d'aborder l'explication des textes qui suivent, recourir aux paragraphes de nos *Premiers éléments de la Grammaire Japonaise* indiqués en note à la fin de chacun d'eux. Les textes, pour lesquels aucune indication de ce genre n'a été donnée, ne renferment qu'un résumé des leçons précédentes, basé sur des règles qu'on aura déjà eu l'occasion d'appliquer dans les exercices précédents.

VERSIONS FACILES

LANGUE JAPONAISE.

PREMIÈRE PARTIE.

I

Hito-no musŭme. — Yama-no miti. — Onna-no kokoro. — Kuni-no bu-si. — Iye-no dau-gu. — Musŭme-no hako. — Titi-no ye-dŭ. — Yama-no-tama. — Mori-no ki. — Usi-no niku. — Mise-no kinu. — Mo-men-no ki-mono. — Inu-no midŭ. — Si-kwan-no fude. — Fune-no ikari. — Gakŭ-sya-no zi-biki. — I-sya-no tokei. — Akindo-no seto-mono. — Ne-doko-no makŭra. — Yebisŭ-no yumi. — Tŭ-zi-no hon. — Kerai-no kutŭ. — Ki-seru-no tabako. — Musi-no kuda-mono [1].

---

[1] Voy., pour l'étude de cette version, les *Premiers éléments de la Grammaire Japonaise*, §17.

II

Hito-ni yari-masita. — Otoko-no sakana. — Hito-wo mi-masita. — Onna-ga ki-masita. — Niku-wo age-masita. — Syo-motŭ-wo yomi-masita. — Yedo-ni yŭki-masita. — Parisŭ-ni tŭkavasi-masita. — Si-kwan-no katana, — Kudamono-wo tabe-masita. — Hi-ga kumoru. — Dai-myau-no tep-pau. — Inaka-no tuti. — Kaiko-no kinu. — Sake-wo tŭkuri-masŭ. — Myako-ye [1] *mairi-masita. — Mura-no ki. — Sake-wo sŭki-masŭ. — Syo-motŭ-no mokŭ-rokŭ. — I-sya-no kusŭri. — Bakŭ-syu-wo nomi-masŭ. — Tabako-wo nomi-masŭ. — Miyako-no tera. — Kotoba-no ma-koto. — Syau-gun-wa ki-masita. — Mŭma-wo mi-masita. — Koye-wo kiki-masita. — Musŭme-wo uti-masita* [2].

III

Yedo-kara ki-misata. — Ame-ga furu. — Umi-no sima. — Midŭ-wo nomi-masŭ. — Parisŭ--ni ori-masŭ. — Nagasaki-ye tŭkavasi-masita. — Gakŭ-

---

[1] La particule *ye* est employée de même que la particule *ni* pour marquer le datif. La première indique plus particulièrement le mouvement d'un lieu vers un autre, la seconde la possession, l'appartenance.

[2] Voy. la *Grammaire*, § 18, 19, 20, 21.

sya-no kaki-mono: — Mŭma-no mugi. — Musŭme-
wo konomi-masŭ. — Kome-wo moti-masŭ. — Tŭ-
ma-no hána-wo moti-masŭ. — Akindo-no tya-wo
nomi-masŭ. — Yebisŭ-no kotoba-wo wakari-masŭ.
— Yedo-ye syo-kan-wo tŭkavasi-masita. — Yedo-
no hito-wa sakana-wo moti-masŭ. — Onna-wa
Yedo-no kome-wo moti-masŭ. — Tori-no tamago.
— Ko-domo-va [1] tamago-wo moti-masŭ. — Mise-
ni ye-wo mi-masita. — Yama-kara de·masita. —
Kinu-va kaiko-kara de-masŭ. — Iye-no to-wo
ake-masŭ.— Nagasaki-no iye-ni ori-masŭ.— Akin-
do-ni sa-tau-wo uri-masŭ. — Nippon-no sin-bun-
si-wo yomi-masŭ. — Ikŭsa-no bu-si-wo mi-masita.
— Tú-zi-va Nippon-no kotoba-wo manabi-masŭ. —
Usi-no niku-wo sŭki-masŭ. — Buta-va kome-wo
kui-masita. — Nippon-no hito-ga ki-masita. — Fŭransŭ-no kotoba-wo osiye-masŭ. — Gun-kan-wo
atŭme-masŭ. — Uta-no koye-wo kiki-masŭ. — Hána-no iro-wo mi-masŭ. — Titi-ni syo-motŭ-wo age-
masŭ. — Kai-gun-wo okosi-masŭ. — Fude-wo moti-
masŭ. — Akindo-no sake-wo nomi-masŭ. — Yama-
no kuma-wo inaka-ni mi-masita [2].

---

[1] *Ko-domo*, malgré la désinence du pluriel indique également
le singulier.

[2] Voy. la *Grammaire*, § 16, 22.

IV

Me-neko-ga ko-wo umi-masita — Me-zika-ga naki-masŭ. — O-mŭma-ga kake-masŭ. — Me-buta-ga ne-masŭ. — Hito-wa usi-wo korosi-masita. — Hito-bito-ga tera-ni mairi-masŭ. — Kuni-guni-wo mi-masita. — Onna-wa hasi-basi-wo watari-ma-sita. — Akindo-wa iro-iro-no hon-wo moti-masŭ. — Yedo-no mise-ni sina-zina-no ye-wo mi-masita. — Dai-ku-wa syo-syo-ni iye-wo tate-masŭ. — Fune-ga ura-ura-ni ori-masŭ. — Tabi-bito-ga sima-zima-wo mawari-masita. — Syo-sei-wa hi-bi te-narai-wo itasi-masŭ. — Ke-rai-wa sŭmi-zŭmi made sau-di-wo itasi-masŭ. — O siro-ni yaku-yaku-ga atŭmari-masŭ. — Mikado-wa tosi-dosi Yedo-ye mairi-masŭ. — Tori-ga toki-doki naki-masŭ [1].

V

Dai-myau-gata-wa ikusa-wo itasi-masŭ. — Ya-kŭ-nin-gata-wa bu-gei-wo manabi-masŭ. — Syokŭ-nin-domo-wa kane-wo móke-masŭ. — Hyakŭ-syau-domo-wa hatake-wo tŭkuri-masŭ. — Kodomo-ra-wa take-mŭma-ni nori-masŭ. — Musŭme go tati-wa uta-wo utai-masŭ. — Hito-bito-wa yorokobi-

---

[1] Voy. la *Grammaire*, § 11, 12, 13.

masŭ. — Mura-mura-ni kau-satŭ-ga ari-masŭ. —
Yakŭ-nin-dati-wa mŭma-ni nori-masŭ. — Tŭ-zi-
ra-wa un-zyau-syo-ni ori-masŭ. — Ke-rai-ra-wa
musiro-wo hiroge-masŭ. — Akindo-no tomo-dati-
wa asobi-ni de-masita. — Si-setŭ-wa hito-bito-wo
maneki-masŭ. — Kaze-ga iye-iye-wo tawosi-masita.
— Tosi-yori-wa scó-sei-dati-ni ten-mon-wo osiye-
masita. — Kawa-wa kuni-guni-yori de-masŭ. —
Musŭme-wa si-kwan-gata-kara te-gami-wo uke-
tori-masita. — Tami-wa ke-rai-domo-wo urami-
masŭ. — Syau-nin-wa inoti-wo osimi-masŭ.

VI

Neko-to inu-ga kamiyai-masŭ. — Tŭki-to hosi-ga
hikari-masŭ. — Sŭmi-to sŭzŭri-wo kai-masita. —
Kodomo-wa soroban-to te-narai-wo kei-ko itasi-
masŭ. — Musŭme-wa koto-to ko-kiu-wo narai-
masŭ. — Sitate-ya-wa ki-mono-to hakama-wo uri-
masŭ. — Hyakŭ-syau-ga kome-to mugi-wo tŭkuri-
masŭ. — Dai-ku-ga ki-to take-wo kiri-masita. —
Tŭkuye-wa ki-de tŭkuri-masŭ. — Katana-wa ha-
gane-de kitai-masŭ. — Hito-ga tori-no hane-de
kaki-masŭ. — Tosiyori-ga me-gane-de yomi-masŭ.
— Tomo-dati-wa mŭma-de mairi-masŭ. — Kodomo-
wa fune-de yŭki-masŭ. — Niwa-no ki-wa kaze-de

tawore-masita. — *Ki-mono-ga ame-de nure-masŭ·*
— *Momo-hiki-wo hi-de hosi-masŭ.* — *Nihon-zin-
wa hasi-de tabe-masŭ.* — *Gwai-kokŭ-zin-wa kutŭ-
de aruki-masŭ.* — *Yama-ni-wa ki-ga hayeru.* —
Sato-ni-wa hito-ga sŭmu [1].

VII

Yama-no takasa. — *Kawa-no-fukasa.* — *Nuno-
no nagasa.* — *Hako-no hirosa.* — *Te-no ohokisa.*
— *Yŭki-no sirosa.* — *Sŭmi-no kurosa.* — *Ki-no
futosa.* — *Fune-no nagasa.* — *Hei-sotŭ-no tŭyosa.*
— *Mikado-no idiwarusa.* — *Hi-no hayasa.* — *Asi-
no ososa.* — *Ten-ki-no samusa.* — *Kaze-no atŭsa.*
— *Musŭme-no kawaisa.* — *Onna-no utŭkusisa.*
— *Hána-no kireisa.* — *Niwoi-no yosa.* — *Kon-
zyau-no warusa.* — *Ki-no ha-no akasa.* — *Siba-no
awosa.* — *Kodomo-no tsiisasa.* — *Atama-no ohokisa.* — *Tama-no marusa.* — *Yŭbi-no hososa.* —
Kane-no omosa. — *Tori-no ke-no karusa.* — *Kadi-
ya-wa tetŭ-no omosa-wa me-kata-ni kake-masŭ.*
— *Sasi-mono-ya-wa tŭkuye-no marusa-wo tori-
masŭ.* — *Dai-ku-wa iye-no takasa-wo kime-masŭ.*
— *Funa-nori-wa kawa-no fukasa-wo tori-masita.*
— *Kutŭ-si-wa asi-no ohokisa-wo tori-masŭ* [2].

[1] *Grammaire,* § 13, 24.
[2] *Grammaire,* § 37.

VIII

Syo-motŭ-no yomi-kata-wo kei-kó si-masŭ. — Te-gumi-no kaki-kata-wo narai-masŭ. — O sya-beri-wa ko-ko-ni o ide nasai. — Utaite-wa sŭkosi yasŭmi-masŭ. — Uso-tŭki-wa tŭne-ni hanasi-masŭ. — Nusŭ-bito-wa, kane-wo nakŭ-si-masŭ. — Tabi-bito-wo sŭki-masŭ. — Kane-moti-wa, bim-bó-nin-wo kirai-masŭ. — Tada-bito-wa mu-gakŭ de gozai-masŭ. — Tsyau-nin-wa kas-sen-si-masŭ. — Ryo-ri-nin-wa mesi-wo tabe-masŭ. — Ko-age-wa hako-wo syoi-masŭ [1]. — Kuruma-hiki-wa, saka-wo nobori-masŭ. — Tŭkai-ga iye-wo matigaye-masŭ. — Mo-no-morai-wa miti-no waki-ni ori-masŭ. — Oi-hagi-wa, yama-no naka-ni sŭmai-masŭ. — Toga-nin-wa nige-masŭ. — Oho-zake-nomi-wa ne-masŭ. — Kaki-yakŭ-wa te-gami-wo kaki-masŭ.—Kane-fuki-wa gin-wo sagasi-masŭ. — Ye-kaki-wa, onna-no zau-wo utŭ-si-masŭ. — Han-sŭri-wa te-wo kurokŭ si-masŭ. — Kami-yŭi-wa abura-wo tŭke-masŭ [2].

IX

Watakŭsi-wa hon-wo yomi-masŭ. — Anata-wa tabako-wo nomi-masŭ. — Ano-hito-wa iye-wo tate-

---

[1] Les mots *ko-age* et *syoi-masŭ* sont particuliers au dialecte de Tô-kyau.

[2] *Grammaire*, § 29-38.

masŭ. — Ano onna-wa uta-wo utai-masŭ. — Wa-takŭsi-wa hige-wo sori-masŭ. — Anata-wa ki-mono-wo ki-masŭ. — Ano-hito-wa mesi-wo tabe-masŭ. — Ano onna-wa ito-wo tori-masŭ. — Ano o kata-wa fŭransŭ go-wo manabi-masŭ. — Wata-kŭsi-domo-wa tya-wo nomi-masŭ. — Anata-gata-wa odori-nasai-masŭ. — Ano hito-bito-wa mŭma-ni nori-masŭ. — Omae-wa inu-wo sŭki-masŭ. — Te-mae-wa baka-wo surŭ. — Omae-gata-wa amari asobi-masŭ. — Kano onna-wa hána-wo mogi-masŭ. — Ses-sya-wa Kyau-to-ye mairi-masŭ. — O te-mae-wa Tó-kyau-ye siŭt-tatŭ si-masŭ. — Anata-sama-wa tep-pau-wo o ŭti-nasai-masŭ. — Go-zen-wa go-ten-ni o sŭmai nasai-masŭ. — Uye-sama-wa mesita-wo awaremi-masŭ.— Ano hito-tati-wa miti-wo matigaye-masŭ. — Ware-ra-wa syo-motŭ-wo aravasi-masŭ. — Kare-ra-wa sin-bun-si-wo yomi-masŭ. — Kimi-wa gakŭ-mon-wo o sŭki-nasai-masŭ. — Go-zen-sama-wa o niwa-ni o ide-nasai-masŭ [1].*

X

Watakŭsi-wa watakŭsi-no mŭma-wo uri-masŭ.— Watakŭsi-wa anata-no kimono-wo kari-masŭ. — Anata-wa watakŭsi-no tŭye-wo naku-nasi masŭ.

---

[1] *Grammaire, § 40-68.*

*Ano-hito-wa anata-no zyŭ-ban-wo saki-masŭ. —
Watakŭsi-wa ano-hito-no te-gami-wo uke-tori-
masŭ. — Anata-wa ano onna-no obi-wo kai-masŭ.
— Anata-wa ano o kata-no uti-wo sagasi-masŭ.
—Watakŭsi-wa o-mae-no kodomo-wo mi-masŭ. —
Ano o kata-wa go-zen-sama-no ogi-ni ye-wo kaki-
masŭ. — Anata-wa kare-ra-no tabako-wo nomi-
masŭ.—Ano-hito-wa kimi-no bau-si-wo yogosi-masŭ.
— Ano onna-wa uye-sama-no gyo-i-ni iri-masŭ. —
Watakŭsi-domo-wa te-mae-no kane-wo kari-masŭ.
— Go-zen-sama-wa ² watakŭsi-no sake-wo mesi-
agari-masŭ. — Anata-wa kano onna-no musŭme-wo
mi-masŭ. — Ano hito-tati-wa kare-no hána-zono-ni
asobi-masŭ. — Anata-wa ses-sya-no hyakŭ-syau-wo
o buti-nasai-masŭ. — O te-mae-wa ³ watakŭsi-no
segare-wo o sikari-nasai-masŭ.*

XI

*Watakŭsi-wa kono hon-wa kai-masŭ. — Anata-wa
ano uti-ni o ide-nasai-masŭ. — Kore-wo watakŭsi-no titi-ni age-masŭ. — Sore-wa anata-no de
gozai-masŭ. — Are-wa te-mae-no de gozai-masŭ. —*

---

¹ *Grammaire*, § 69-20 et les paragraphes précédents.
² Ce mot est peu usité.
³ Ce mot est peu usité.

Kore-wa, watakŭsi-no de gozai-masŭ. — Kami-yŭi-no kodomo-wa, kono kusi-de kaki-masŭ. — Ten-mon-sya-no segare-wa, ano kan-dan-kei-wo tamesi-masŭ.— Mikado-no hei-sotŭ-wa, kono tep-pau-wo moti-masŭ. — Kore-ra-wa, kirei-de gozai-masŭ. — Are-ra-wa, takau gozai-masŭ. — Sore-ra-wa, watakŭsi-no haha-no de gozai-masŭ. — Kore-ra-wa, mina watakŭsi-no kyau-dai-no mono-de gozai-masŭ. — Kono syokŭ-dai-wa, kare-no de gozai-masŭ. — Kono kane-wa, akindo-no de gozai-masŭ.— Kono hatake-wa, hyakŭ-syau-no de gozai-masŭ.—Ano seki-tan-wa, yama-yori de-masŭ. — Sono makura-wa, watakŭsi-no mei-no ne-doko-ni oki-masŭ. — Ano inu-wa, me-neko-wo kami-masŭ.—Ano hon-ya-wa, zi-biki-wo uri-masŭ.— Kono hayasi-kata-wa, ano tai-ko-wo uti-masŭ [1].*

XII.

Tama-ya-wa, zi-bun-de kon-gau-seki-wo kiri-ma-sŭ. — Watakŭsi-wa, zi-bun de kono uti-wo tate-masŭ. — Anata-wa, go zi-sin-ni kono te-gami-wo o kaki-nasai-masŭ. — Kare-wa, zi-sin-ni niva-no ki-wo uye-masŭ. — Watakŭsi-domo-wa, zi-sin-ni kono hon-wo hon-yakŭ-si-masŭ. — Kare-ra-wa, zi-

---

[1] *Grammaire,* § 71-78.

*sin-ni mori-no matŭ-wo kiri-masŭ. — Ano onna-wa
zi-bun-de kami-wo yui-masŭ. — Ano-hito-wa zi-
sin-ni kare-no he-ya-ni hi-wo tŭke-masŭ. — Ono-
ono tabi-no si-takŭ-wo si-masŭ. — Soregasi-wa
sei-fu-no tŭ-zi de gozai-masŭ. — Mai nen watakŭsi-wa fŭransŭ-ye mairi-masŭ. — Bu-gu-si-wa
mai niti mikado-no go-ten-ni de-masŭ. — Gwai-
kokŭ zin-wa mai getŭ minato-ni tyakŭ-si-masŭ. —
Ano iye-wa si-zen to tawore-masŭ. — Watakŭsi-wa
hoka-no sakana-wo sŭki-masŭ. — Ano onna-wa
betŭ-no ki-mono-wo ki-masŭ. — Hoka-no sŭi-fu-wa
fune-ni ori-masŭ. — Hoka-no hito-wa betŭ-no fude-
de hon-wo utŭ-si-masŭ. — Aru hito-ga watakŭsi-ni
hanasi-masŭ. — Saru onna-wa mise-ye mairi-masŭ.
— Saru tomo-dati-wa saru-wo korosi-masŭ. — Aru
mati-ni kirei-na musŭme-ga aruki-masŭ* [1].

---

[1] *Grammaire* § 79—93.

SECONDE PARTIE.

XIII

Watakŭsi-wa tabako-wo nomi-masŭ. — Anata-wa ko-gatana-wo togi-masŭ. — Kare-wa akari-wo tomosi-masŭ. — Watakŭsi-domo-wa sakana-wo tabe-masŭ. — Anata-gata-wa e-wo mi-masŭ. — Kare-ra-wa hebi-wo korosi-masŭ. — Kano onna-wa kinu-wo kai-masŭ. — Ano hito-no musŭme-wa geta-wo naki-masŭ. — Watakŭsi-no kodomo-wa oyogi-wo narai-masŭ. — Anata-no go ke-rai-wa watakŭsi-no uti-ni mairi-masŭ. — Kare-wa tŭye-wo sam-bon uri-masŭ. — Saka-ya-no kodomo-wa tokŭri-wo hati-hon kowasi-masŭ. — Si-kwan-to hei-sotŭ-wa ikusa-wo itasi-masŭ. — Hyakŭ-syau-wa kwa-de hatake-wo tŭkuri-masŭ. — Yama-no tori-wa ki-no ha-de su-wo tŭkuri-masŭ. — Reó-si-wa ami-de sakana-wo tori-masŭ. — De-si-wa sen-sei-ni syo-motŭ-wo age-masŭ. — Kono mise-ni Nippon-no akindo-wa kasa-wo wasŭre-masŭ. — Sui-fu-wa umi-ni kirei-no tori-wo mi-tŭke-masŭ. — I-sya-wa hara-yori kusŭri-wo tori-masŭ [1].

---

[1] *Grammaire*, § 95-104.

XIV

Saru-ga ki-ni nobori-masita. — Watakŭsi-no tomo-dati-no kyau-dai-ga watakŭsi-ni te-gami-wo okuri-masita. — Anata-wa ano hito-no kodomo-ni kudamono-wo yari-masita. — Fŭransŭ-no sei-fu-no tŭ-zi-wa dyau-yakŭ-syo-wo yakŭ-si-masita. — Odori-ko-wa siba-ya de odori-masita. — Kariudo-ga yama-de sisi-wo korosi-masita. — Teki-wa mo-ri no naka-kara tep-pau-wo uti-masita. — Gakŭ-sya-wa gwai-kokŭ zin-no syo-motŭ-de narai-masita. — Kazi-ya-wa tetŭ tŭti-de katana-wo kitae-masita. — Bim-bó nin-wa hito-no tasŭke-de yo-wo sŭgosi-masita. — Ano-hito-wa watakŭsi-no ane-ni zyŭ-ban-wo sam mai okuri-masita. — Hyakŭ-syau-no kodomo-wa su-asi-de doro-no naka-wo aruki-masita. — Mikado-wa dai-myau-no musŭme-to kon-rei si-masita. — Tama-ya-ga kawa-yori medŭrasii isi-wo hiroi-masita. — Bózŭ-ga tera-no naka-de o kyau-wo yomi-masita. — Hayasi-kata-ga bu-tai-de tŭdŭmi-wo uti-masita [1].

XV

Watakŭsi-wa anata-no uti-ni myau-niti agari-masyau. — Ano o kata-wa zan-zi-ni fŭransŭ go-wo

---

[1] *Grammaire*, § 104.

oboe-masyau. — I-sya-ga mi toki-no uti-ni mairi-masyau. — Ame-ga furi-masyau. — Hon-ya-wa sin pon-wo anata-no tame-ni sagasi-masyau. — Mu-hon nin-wa miya-no naka-ni tai-si-wo ubai-tori-masyau. — Myau-niti anata-to mŭma-de kim-pen-ni asobi-ni iki-masyau. — Kono ohokii kawa-no naka-ni-wa sakana-ga takŭ-san ori-masyau. — Kono niwa-no hána-wa myau-asa saki-masyau. — Anata-ni kono sara-no sina-wo age-masyau ka? — Yebi-sŭ-wa yŭmi-de oho-taka-wo i-korosi-masyau. — Wa-takŭsi-no o di-wa sina-no zi-wo narai-masyau. — Ten-mon-sya-wa tó-me-gane-de sora-na hosi-wo na-game-masyau. — Kono tsiisai musŭme-wa, hána-wo naku-nasi-masyau [1].

XVI

Watakŭsi-ni kono hon-wo kudasai-masi. — Kono sakana-wo sŭkosi mesi-agari-masi. — Anata-wa watakŭsi-to fŭransŭ go-wo o hanasi nasai-masi. — Gwai kokŭ-no go-wo naraᶜu-ni-wa hon-wo takŭ-san o yomi nasai-masi. — Em-pau tabi-ni-wa ka-rada-wo o dai-zi-ni nasai-masi. — Naga-iki-wo sŭru-ni-wa, yoku yau-zyau-wo nasai-masi. — Wa-takŭsi-no uta-wo o kiki nasai-masi. — Warui

---

[1] *Grammaire*, § 104.

hito-wo o kirai nasai-masi. — Nippon-no tya-ya-
ni asobi-ni o ide nasai-masi. — Kono te-gami-wo
watakŭsi-no kawari-ni o yomi nasai-masi. — Motto-
hayakŭ watakŭsi-to o aruki nasai-masi. — Anata-
no tokei-wo o maki nasai-masi. — So-ko-ni o
sŭwari nasai-masi. — Kono zasiki-ni o hairi nasai-
masi. — Sidŭka-ni o hanasi nasai-masi. — Hi-wo
haya-tŭke-gi-de o tŭke nasai-masi. — Anata-no titi-
no kawo-wo kirei-na kagami-de go-ran nasai-masi.
— Watakŭsi-no tomo-dati-no hon-ya-de igirisŭ-no
zi-biki-wo o kai nasai-masi. — Anata-wa myau-
niti kono kei-ko-wo yokŭ o narai nasai-masi. —
Kono hána-wo mi-yo! — Sono tŭkuye-wo kotira
ye yosete kudasai. — Watakŭsi-no tegami-wo
todokete kudasai. — Anata-no o kami-san-ni yokŭ
itte kudasai. — Ano tyokŭ-wo totte kudasai. —
Ko-ko-ni o sŭwari nasai. — Motto o agari nasai. —
Myo-niti o ide nasai [1].

XVII

Watakŭsi-wa myau-niti, ten-ki-ga yó kereba, syŭt-
tatŭ itasi-masyau. — Anata-wa Nippon-no zi-biki-
wo moti-nasaru naraba, hanasi-ga yokŭ deki-ma-

---

[1] *Grammaire*, § 104.

syau. — Kare-wa si-awase yó kereba, kane-wo móke-masyau. — Ame-ga furu-kara, watakŭsi-domo-wa uti-ni ori-masyau. — Watakŭsi-ga hána-wo sŭki-masŭ naraba, niwa-ni mairi-masyau. — Watakŭsi-ga uta-wo utai-masŭ naraba, anata-wa o kiki nasai-masŭ ka? — Kono kwa-si-wa uma-só dakara hitotŭ tabe-masyau. — Watakŭsi-wa ku-tabireta kara ne-masyau. — Hosi-ga deta kara yoi ten-ki-ni nari-masyau [1]. *— Hara-ga hetta kara mesi-wo tabe-masyau. — Anata-no o hanasi-wo wakari-masita naraba, fŭransŭ go-ni yakŭ-si-ma-syau. — Watakŭsi-wa kane-ga dekita naraba, Nippon-ye mairi-masyau. — Anata o hima-ga aru naraba, watakŭsi-no bes-sau-ni o ide nasai-masi. — Anata-ga yokŭ ki-wo o tŭke nasaru na-raba, Nippon-go-wo o hanasi nasaru koto-ga hayaku deki nasai-masyau* [2].

XVIII

Tai-sau sake-wo nomu koto-wa warú gozai-masŭ. — Syo-motŭ-wo yomŭ koto-wa, yorosyu gozai-ma-sŭ. — Hayakŭ okiru koto-ga yau-zyau-no tame-ni

---

Au lieu de *yoi ten-ki-ni nari-masyau,* on peut dire simple-ment: *ten-ki-ni nari-masyau* dans le même sens.

[2] *Grammaire,* § 104.

yorosyu gozai-masŭ. — Watakŭsi-wa kaku koto-ni komari-masŭ. — Anata-wa yomu koto-wo o konomi nasai-masŭ ka? — Ano onna-wa deru koto-wo iyagari-masŭ. — Inaka-no mono-wa tada-ima kaku koto-wo siri-masŭ. — Anata-wa fŭransŭ go-wo yonde, kei-ko nasai-masi. — Hito-wa hon-wo takŭ-san mite, gakŭ-sya-ni nari-masŭ. — Yama-ni sunde, hito-wa tas-sya-de gozai-masŭ. — Anata-wa watakŭsi-no uti-ni irasyaru toki-ni ku-damono-wo motte o ide nasai-masi. — Anata-ga hatati-ni o nari-nasatta naraba, watakŭsi-wa kono tokei-wo age-masyau. — Ano kodomo-wa titi-ni kane-wo nedaru yŭye-ni, titi-ga okori-masita. — Kaze-ga tŭyoi yŭye-ni umi-ga are-masŭ. — Kono to-wo akete-wa warŭ gozai-masŭ. — Kono hon-wo mite mo yorosyu gozai-masŭ ka? — Watakŭsi-domo-wa asa-mesi-wo tabete kara de-masyau — Hyakŭ-syau-wa sina-zina tane-wo maki-masŭ kere-domo, mada iro-iro-no si-goto-ga gozai-masŭ [1].

XIX

Ano o kata-wa umi-wo sŭki-masenŭ. — Kono tori-wa kome-wo tabe-masenŭ. — Niwa-no hána-wa

---

[1] *Grammaire*, § 104.

saki-masenŭ. — Watakŭsi-no an-don-wa akaruku gozai-masenŭ. — Anata-no tomo-dati-no hon-wa omosirokŭ gozai-masenŭ. — Kono syo-sei-wa ben-kyau si-masŭ keredomo agari-masenŭ.—Kadi-ya-wa tetŭ zai-ku-wo siri-masenŭ. — Ano kinu-wa takai-kara hito-ga kai-masenu. — Yo-ga fuketa kara hito-ga tóri-masenŭ. — Watakŭsi-domo-wa sake-wo konomi-masenŭ.—Miti-ga warui kara aruke-masen. — Kari-udo-wa mori-no naka-ni niva-no kizi-wo mi-masita keredomo, iti va mo korosi-masen. — Kano hito-wa zis-satŭ hon-wo kai-masita kere-domo, is-satŭ mo yomi-masen. — Watakŭsi-no tomo-dati-no kyau-dai-wa bu-dau-syu go zip-pon mo-rai-masita keredomo, ip-pon-mo watakŭsi-ni kure-masen. — Kane-moti-ga kome-wo hyap-pyau moti-masŭ keredomo, bim-bô-nin-ni sŭkosi-mo hodokosi-masen. — Watakŭsi-domo-wa ben-kyau itasi-masŭ-ga, simai-ni nari-masen [1].

XX

Ano o kata-wa Parisŭ-ni kuru mae-ni, niku-wo sŭki-masenanda. — Watakŭsi-wa tada-ima made Nippon go-wo narai-masenanda. — Sikasi myau-

---

[1] *Grammaire*, § 105.

niti-kara Sina go-wo hazime-masyau. — Kono
go-wo siru mae-ni-wa, Nippon-go-wo manabi-masŭ-
mai. — Yebisŭ-no sima-ni onna-wa iti-do mo tep-
pau-wo mi-masenanda. — Anata-wa watakŭsi-ni
sakŭ-zitŭ hon-wo kasi-masenanda ka? — Iiye,
sikasi kon-ban anata-ni kasi-masyau. — Anata
wa kon-niti watakŭsi-no uti-ni o ide nasai-masi;
sikasi myau-niti-wa o ide nasai-masŭ-na. — Mosi
kono hito-wa anata-ni kane-wo watasi-masenŭ naraba, kare-ni ki-mono-wo o yari nasaru na. —
Kono ki-ni hána-ga saki-masenŭ naraba, watakŭsi-
wa hoka-no kiwo uyete niwa-wo tŭkuri-masyau. —
Watakŭsi-wa kane-ga nai kara, anata-ni harau
koto-ga deki-masenŭ. — Anata-wa tokei-ga naku
tomo toki-wo o siri nasai-masyau. — Tada-ima
kono kudamono-wo kudasaru koto-wa deki-masen
ka? — Anata-no o hanasi-wa wakari-masenŭ kere-
domo, anata-no go ryau-ken-wa yokŭ wakari-masŭ.
— Kono kawa-no kisi-ni o ide nasai-masŭ na [1].

XXI

Watakŭsi-wa watakŭsi-no titi-yori ai-serare
masŭ. — Kono inu-wa kodomo-ni tabi-tabi butare-

---

[1] Grammaire, § 105.

*masŭ. — Ano onna-wa tei-syu-ni sikarare-masita.
— Sikasi myau-niti-yeŏ-bi-wa homerare-masyau.
— Kono ki-no kudamono-ga zyŭku sŭru naraba,
kodomo-ni kŭware-masyau. — Anata-wa syo-nin-
kara o sŭkare nasai-masi.—Tya-wo takŭ-san nomu
to, yo ga nerare-masen.— Yuki-ga futte miti-ga
arukare masen. — Watakŭsi-wa kodomo-kara sŭkare-masenŭ. — Kono musŭme-wa sakŭ-zitŭ tora-ni
odosare-masita; sikasi myau-go-niti mori-ni kuru-
toki-ni, oho-kami-ni kuware-masyau. — Watakŭsi-
no imoto-wa ni san nen mae-wa kirei-de gozai-masita ga, yagate kon-rei-wo sita-naraba, tei-syŭ-
kara sŭkare-masŭ-mai. — Watakŭsi sakŭ-ban tya-
wo nomi-sŭgita kara, nerare-masenanda. — Kono
otoko-wa sake-ni nomare-masŭ. — Yattaka to
omoᶜu-tara yarare-masita. — Anata-wa homerare-
masenŭ naraba, ben-kyau nasai-masŭ-mai. — Ano
hyakŭ-syau-wa dorobŏ-wo sita kara, te-wo kukurare-
masita. — Tonari-no dii-san-wa sinare-masita. —
Aru o kata-ga korare-masita. — Uti-no dan-na-wa
asobi-ni yukare-masita [1].*

XXII

Hei-sotŭ-wa yokŭ teŏ-ren-ga deki-masŭ. —

---

[1] *Grammaire*, § 106.

Ano akindo-wa tai-sau kane-ga deki-masita. — Ko tosi-wa kudamono-ga takŭ-san deki-masŭ-mai. — Watakŭsi-wa anata-ni kono kusŭri-wo ageru koto-ga deki-masenŭ. — Ano kodomo-wa sakŭ-nen-wa dai-gakŭ-wo yomŭ koto-ga deki-masenanda. — Sikasi myau-nen-wa iro-iro-no bun-syau-wo yokŭ kakŭ koto-ga deki-masyau. — Watakŭsi-wa zi-biki to reki-si-wo kai-masenŭ kereba nari-masenŭ. — Anata-wa mesi-agarana kereba nari-masenŭ. — Kono byau-nin-wa kono kusŭri-wo nomana kereba nari-masenŭ. — Watakŭsi-no o-ï-wa myau-niti anata-no o uti-ni mairana kereba nari-masŭ-mai. — Bet-tau-wa mŭma-ni mugi-wo kawana kereba nari-masenŭ. — Watakŭsi-wa ze-hi Fŭransŭ-ni myau-nen maira-na kereba nari-masenŭ. — Hito-ga hanahada ben-kyau sŭru toki-wa sam-po seneba nari-masen. — Watakŭsi-wa yukaneba nara-nai. — Akari-wo to-mosana kereba nara-nai. — Kuni-no okite-wo mamorana kereba nara-nai. — Kaze-ga aru kara, to-wo simena kereba nara-nai. — Watakŭsi-wa tegami-wo kakan kereba nari-masen. — Ano fu-ne-ni noran kereba nari-masen. — Sitate-ya-ni zeni-wo harawan kereba nari-masen. — Motto sake-wo noman kerya nara-nai. — Kaze-wo hiita kara uti-ni ina-kerya naran. — Dorobó-wo tŭ-

*kamaen kerya nara-nai. — Nippon-ye kayera-
na kerya nara-nai* [1].

XXIII

*Watakŭsi-wa kane-wo kakusu. — Kono hito-
wa hon-wo todiru. — Kano onna-wa e-wo naga-
meru. — Si-bai-no musŭme-wa kem-butŭ nin-wo
ai-sŭru. — Sen-dó-wa ko-bune-wo kogu. — Kodomo-wa kasi-wo konomu. — Watakŭsi zi-sin-ni
hatake-wo tŭkuru. — Medŭrasii sakana-ga iti-ni
aru. — Ohoki-na ino-sisi-ga yama-kara deru. —
Tanki-na samurai-ga bet-tau-wo butta. — Kirei-na
musŭme-ga hána-wo kureta. — Namaketa seó-sei-
ga inemuri-wo sita. — Ben-kyau-wo si-nai seó-sei-
wa gin-mi-wo ukerarenu. — Yŭki-ga futta-kara
asita-wa miti-ga warŭ karó. — Tama-ya-wa yoku
ureru kara, kane-wo mókeru daró. — Kawa-ga
kótta kara sakana-ga taka karó. — Kono tŭkuye-
wa kitanai kara, ne-ga yasŭ karó. — Bim-bó-
nin-wa kane-ga nai kara komaru daró. — Tú-zi-
wa iti go mo siranai. — Samurai-ga tŭyoku nai.—
Ten-ki-ga yoku nai. — Tŭki-ga saenai. — Hosi-
ga denai. — Kaze-ga fukanai. — Kawa-ga kó-*

---

[1] Voy. la *Grammaire.*

rananda. — Inu-ga hoyénanda. — Watakŭsi-no
hó-yu-wa myau-niti anata-no bes-sau-ni ikanu darô.
— Tokei-si-wa kon-ban uti-ye konu darô. — Mik-
ka-no uti-wa sen-takŭ-ga dekina karô. — Zi-ko-
ga samui-kara kome-ga yoku dekiru darô.

XXIV

Tabako-wo sŭku ka? — Iiye, nomanai. —
Yoku neta ka? — Nerarenanda. — Yoku hon-wo
yomu ka?— Yoku yomenai. — Hayaku aruku ka?
— Hayaku arukenai. — Bô-zŭ-wa kane-wo mo-
tana-kereba yorokobanai. — Musŭme-wa yo-aru-
ki-wo sita-naraba o-ya kara sikarareru darô. —
Sen-sei-ga yoku osiyeta-naraba, seó-sei-ga sŭsŭma
darô. — Kono himo-wo yoku musunda kere-domo
diki hodoketa. — Kodomo-ni kudamono-wo yattara
tai-sau yorokonda. — Kono hito-wa kane-moti dakara, hoka-no mono-ga sonenda. — I-sya-ga wa-
rui-kara ano byau-nin-ga sinda. — Sakŭ-zitŭ watakŭsi-wa ame-ga futta-kara, anata-wo matta. —
Niwa-no ki-ga nobi-sŭgita-kara eda-wo kitta. —
Ten-mon-sya-wa medŭrasii hosi-wo mite kara, kono
hon-wo kaita. — Anata-no hanasi-wo kiite kara,
musŭme-ni itta. — Kono otoko-wa sake-wo nonda-

kara, kane-wo naku-nasita. — Kono gakŭ-sya-wo i-zen-yori sitte ï-masŭ. — Asa-kara ko-tori-ga naite-masŭ. — Yu-be-kara yŭki-ga futte-masŭ. — Kono ko-dŭkai-wa kinô-kara nete ï-masŭ. — Sakŭ-nen-kara fŭranŝu go-wo manande-masŭ. — Sau-de sŭ ka?

XXV

Watakŭsi-wa titi-kara sŭkareru. — Kono ke-rai-wa syo-nin-kara nikumareru. — Ano uti-wa kaze-de kowareru. — Mikado-no siro-ga kwa-zi-de yakareta. — Fune-ga tŭnami-de kowareta. — Ano hito-wa netŭ-byau-de sinda. — Kono musŭme-wa ai-kyau-ga ii-kara, mina-ni sŭkareru darô. — Kono hon-wa ne-ga takai kara urenu darô. — Ka-bŭri-mono-ga tsiisai kara urenakatta. — Omae-ga ore-no uti-ni myau-niti kuru kara, ore-wa de-mai. — Te-mae-wa si-bai-de outanai kara, kiu-kin-wo hara'u-mai. — Omae-ga uta-wo uta'u to, dŭ-tŭ-ga sŭru. — Kare-ga baka-wo ïu kara ore-wa kikanai. — Ano berabô-wa nani-wo sitte-iru ka? — Kono otafuku-ni-wa komaru. — Kono gaki-wa warui gaki da. — Kono komori-wa waga mama da. — Omae-ga deru-nara watasi mo is-syo-ni ikau. — Watasi hitori-de-wa tabi-ga de-

kinu. — *Tŭmetai kara atatame-ro!* — *Kitto hon-*
tau de-wa nai. — *Tai-sau yakŭ-ni tatŭ.* — *Are-no*
ïu koto-ni kama̒u na! — *Omae-wa doko-no kuni*
da. — *Watasi-wa hito-no siranai tiisai kuni-no*
mono da. — *Na-wa nan-to ïu ka?* — *Watasi-no*
na-wo nokoradŭ iwau ka? — *Amari nagaku na-*
kereba iina. — *Son-nara Nippon-zin-no na-wa*
mina nagai kara ïu-mai.

XXVI

Watakŭsi-wa asobi-ni iki-tai. — *Anata-wa kono*
fude-wo watakŭsi-ni o kasi-kudasaru ka? — *Kono*
ko-domo-wa fu-dan ken-kwa-wo sitagari-masŭ. —
Ware-wa mikado-no samurai-ni-wa nari-takŭ nai.
— *Ano-hito-wa ko-domo-no uti-kara gakŭ-sya-ni*
naru koto-wo nozomi-masita. — *Anata-wa sakŭ-*
nen dyu-wa nani-wo o nozomi nasai-masita ka? —
Watakŭsi-wa kon-niti sya-sin-wo torase-masŭ. —
Kare-wa sasi-mono ya-ni tsiisana hako-wŏ kosirae-
sase-masŭ. — *Bet-tau-ga dai-myau-ni warui mŭma-*
wo kawase-masŭ. — *Mikado-ga nadakai esi-ni byau-*
bu-no e-wo kakase-masŭ. — *Te-narai-no sen-sei-wa*
ko-domo-ni madŭ iroha-wo kakase-masŭ. — *Ryau-*
gaye-ya-wa sakŭ-nen niwa-no ki-de hi-bati-wo sasi-
mono-ya-ni sasase-masita. — *Sakŭ-zitŭ ko-dŭkai-ni*

sakana-wo kawase-masita. — Tai-syau-ga hei-si-ni tep-pau-wo utase-masita. — Myau-niti kono musŭme wate-gami-wo kano o ba-ni kakase-masyau. — Ni san niti uti-ni uye-ki-ya-ni niwa-no ki-wo kirase-masyau.

XXVII

Nani-tozo, kono ofŭre-wo fŭransŭ-go-ni hon-yakŭ-site kudasai-masi. — Watakŭsi-ni kane-wo sŭkosi kasite kudasai-masi. — Kono hána-wo imótoni kudasai-masi. — Kono te-gami-wo anata-no o-di sama-ni otodoke nasarete kudasai-masi. — Mikado-ga hei-si-ni kane-wo hau-bi-ni kudasai-masita. — Sei-fu-wa mi tŭki uti-ni ko-domo-no gakŭ-kau-wo tateteru daró. — Watakŭsi-wa e-wo kaku tŭmori-de gosai-masŭ. — Anata-wa rai-nen Nihon-ye o ide nasaru o tŭmori-de gozai-masŭ ka?— Kono akindo-wa kane-wo maukeru tŭmori-de gozai-masŭ.— Warera-wa myau-niti siba-ï-ni mairu tŭmori-de gozai-masŭ. — Watakŭsi-wa tó-yori anata-no o uti-ni agaru tŭmori-de gozai-masita. — Ano onna-wa i-zen-yori kono otoko-to fu-fu-ni naru tŭmori-de gozai-masita. — Hi-kyakŭ-sen-wa nanu ka mae-yori mairu tŭmori-de gozai-masita. — Kono kuruma-wa ta-bun mati-ye mairu tŭmori-de gozai-

masyau. — I-sya-wa kono tosi-yori-wo naosŭ tŭmori de gozai-masyau.

XXVIII

Watakŭsi-wa kono ko-domo-wo amari kavai sŭgi-masŭ. — Anata-wa amari asane-ga sŭgi-masŭ. — Kono setŭ-wa amari ten-ki-ga tŭdŭki sŭgi-masŭ. — Kono si-tate-ya-no ki-mo-no-wa kodomo-ni-wa a-mari yo sŭgi-masŭ. — Sakŭ-nen-wa amari yŭki-ga furi-sugi-masita. — Fŭransŭ go-wa amari bum-pau-ga mudŭkasi sŭgi-masŭ kara, Nihon-ni-wa manabite-ga sŭkunau gozai-masŭ. — Kono obi-wa kono mŭsŭme-ni-wa amari rip-pa sŭgi-masyau. — Kono tŭkuye-wa zasiki-ni-wa amari ohoki sŭgi-masyau. — Ano hon-wa watakŭsi-ni-wa mada mu-dŭkasi sŭgi-masyau. — Anata-wa kon-niti-wa o ru-su da to uke-tamawari-masita. — Watakŭsi-domo-wa sa-yau to uke-tamawari-masita. — Myau-niti kono hen-zi-wo uke-tamawari-masyau. — Sono uti kare-no ryau-ken-wo uke-tamawari-masyau.

XXIX

Anata-wa nani-wo asobasi-masŭ? — Anata-wa kono hon-wo do asobasi-masŭ? — Kin-ri-sama-wa mada go zi-sin-ni-wa ikusa-wo asobasi-masenŭ. — Anata-no o musŭme go sama-wa tya-wo asobasi-masŭ ka? — Dai-myau-wa myau-niti taka-gari-wo asobasi-masyau. — Anata-wa sci-yau-no reki-si-wo go-ran nasai-masŭ ka? — Kono e-wo go-ran nasai-masi. — Myau-niti anata-wa watakŭsi-to e-to kizami mono-no hakŭ-ran-kwai-wo go-ran nasai masenou ka? — Watakŭsi-wa ku-bau sama-no o tama ya-wo hai-ken itasi-masŭ. — Ano tomo-dati-wa kono aida anata-no katana-wo hai-ken itasi-masita. — Sono-uti anata-no go hon-wo hai-ken itasi-masyau.

XXX

Anata-no yoi okoe-wo o kikase nasai-masi. — Ano hito-wa sakŭ-zitŭ watakŭsi-ni fŭransŭ-no uta-wo kikase-masita. —. Sina-no gakŭ-sya-wa de-si-ni hon-wo yonde kikase-masŭ. — Tonari-no onna-wa omosiroi samisen-wo o tomo-dati-ni kikase-masyau. — Anata-wa watakŭsi-ni kane-wo kŭdasaï-masŭ ka? — Mikado-wa Tó-kyau-no akin-do-ni sake-wo kudasai-masita. — Myau-niti anata-no on mŭma-wo [1] o kasi kudasaï-masyau ka? — Wata-

---

[1] En écriture syllabique オ ン ム マ *on mŭma*, prononcez *o'm'ma*.

kŭsi-wa te-ga fŭruyete te-gami-wo kaku-koto-ga deki-masenŭ. — Anata-wa e-wo kakŭ-koto-wo o sŭki nasai-masŭ. — Sina-no sau-zi-wo kaku-koto-wa Sei-yau-no sau-zi-wo kaku-yori mudŭkasiŭ gozai-masŭ. — Kono hána-no niwoi-wo o kagi nasai-masi. — Watakŭsi-wa abŭra-no niwoi-wo kagu-koto-wo sŭki-masenŭ.

XXXI

Kon-niti-wa kaze yŭye ka, ten-ki-ga yokŭ nari-masita. — Ke-sa hodo-wa samŭsa-ga tŭyó gozai-masita. — Kono te-gami-wa sakŭ-zitŭ hiru-go-ni todoki-masita.— Hei-sotŭ-wa kinó teppau de utare-masita. — Ko-domo to is-syo-ni asatte, yama-no uye-ni ki-no mi-wó hiroi-ni mairi-masyau. — Kono tosi-yori-wa tŭne-ni byau-ki de sini-masŭ. — Seô-sei-ga niti-niti ni-hon go-wo gak-kau de manabi-masŭ naraba, san nen-no uti-ni gakŭ-sya-ni nari-masyau. — Ima-wa yo-no naka-ga odayaka-de doko-ni mo ikusa ga nai. — Anata-ga futa tabi Fŭransŭ-ni o ide-nasaru toki-ni, kirei-na nip-pon-no hako-wo o moti nasai-masi. — Zyŭ nen i-zen-wa fŭransŭ-go-ga Nip-pon-ni-wa hayari-masenanda. — Tô-kyau-ni wa tabi-tabi kwa-zi-ga atte komari-masŭ. — Asoko-ni kita-nai inu-ga ken-kwa-wo site butare-masita. — Yama-no fumoto-ni ino-sisi-ga kariu-do-ni tep-pau-de utare-masita. — Iye-no soto-ni akin-do-ga furu-gi-wo kai-masŭ. — Ike-no kin-zyau-ni a'irou-ga ko-wo umi-masita. — Kono kome-ya-wa uri-yó-ga zyau-zŭ dakara, kane-wo tai-sau moke-masita. — Zi-ko-ga yoi-kara kaiko-ga takŭ-san tore-masyau. — Kono ko-domo-wa kasi-wo tanto tabe-masŭ. — Watakŭsi-wa hanahada tŭkare-ma-sita. — Oho-saka-no minato-wa Ni-hon dyu de iti ban yoi minato de gozai-masŭ. — Sŭkosi-no kane-de, Ni-hon-de-wa rip-pa-ni kurasare-masŭ.

XXXII.

Kono midŭ-wa sŭmi-no yau-ni kurô gozai-masŭ. — Ano-hito-wa Tau-zin-no yau-ni tabako-wo nomi-masŭ. — Ni-hon-no hei-si-wa sei-yau fú-ni teó-ren-wo si-masŭ. — Kyau-to kara Tó-kyau made-wa tai-tei hyakŭ ni-zyŭ ri hodo gozai-masŭ. — Ana-ta-wa watakŭsi-to is-syo-ni o ide nasai-masŭ ka? — Igirisŭ go-wa naka-naka hanasŭ-ni mutŭkasiŭ go-zai-masŭ. — Anata-wa mŭme ka anzŭ-wo hanahada o sŭki nasai-masŭ ka? — Watakŭsi-wa tep-pau ka, arouiwa katana-wo kai-masyau ka? — Myau-niti ta-bun Nippon-no si-setŭ-ga kokŭ-tei-ni ai-ni mairi-

*masyau. — Yama-no naka-de tabi-bito-ga fu-i-ni
oho-kami-ni kui-tŭkare-masita. — Myau-niti watakŭsi-wa ze-hi tomo-dati-to tya-ya-ni mairi-masyau. — Sore-wa tomo-kakŭ-mo yorosyu gozai-masŭ.
— Tama-tama o ide nasŭta-no-ni, nani-mo sasi-
age-masŭ mono-ga gozai-masenŭ. — Kono momo-
hiki-wo naru-take nagaku siiate nasai-masi. —
Kono seô-sei-wa munasikŭ toki-wo tŭiyasi-masita.*

XXXIII

*Ano hito-wa uti-ye maitte sau-sau kaeri-masita.—
Ano gakŭ-sya-wa gakŭ-mon-no tame-ni syo-syo-wo
mawari-masita. — Kawa-no hidari-ni fune-ga is-
sau ori-masŭ. — Go-ten-no migi-ni yakŭ-nin-ga ine-
mouri-wo site ori-masŭ. — Hayasi-no naka-ni hi-ga
tati-mati kiye-masita. — Watakŭsi-wa sokŭ-zi-ni
Igirisŭ-ye syŭttatŭ itasi-masŭ.—Anata-wa sibarakŭ
kono to-ti-ni go tai-riu de gozai-masŭ ka ? — Kono
hon-wo otte seô-sei-no tame-ni han-ni itasi-masyau.
— Tikagoro-wa nan-ni mo omosiroi koto-wo kiki-
masenŭ. — Tyotto koko-ye o sŭwari nasai-masi. —
Watakŭsi-wa kiu-ni hoka-ye mairana kereba nari-
masenŭ. — Anata-wa yoku mae-no kei-ko-wo oboye-
nasŭtta naraba, kitto gin-mi-ni hadŭre-masŭ-mai.*

XXXIV

Sore-wa dare-de gozai-masŭ ka? — Donata-de gozai-masŭ ka? — Dare-ga watakŭsi-no fude-wo tori-masŭ ka? —,Dare-ga anata-no kosi-kake-ni kosi-wo kake-masŭ ka? — Dono hito-ni kore-wo yari-masŭ ka? — Donna hako-wo anata-wa o moti-nasai-masŭ ka?— Nip-pon-wa donna kuni de gozai-masŭ ka? — Mikado-no na-wa, nan to mausi-masŭ ka? — Dono yau-na kutŭ-wo o kai nasai-masŭ ka? — Donna katana-wo o sagasi nasai-masŭ ka? — Sono koto-wa do nari-masŭ ka? — Ano hito-wa do nari-masŭ ka? — Dorc-kara anata-wa kono hon-wo o hazime nasai-masŭ ka? — Nani-wo na-sai-masŭ ka? — Nani-ni yorosyu gosai-masŭ ka? — Nan-no go-yô de gozai-masŭ ka? — Nan doki de gozai·masŭ ka?— Nan niti de gozai-masŭ ka?— Ik-ka de gozai-masŭ ka?— Kono tan-mono-wa nan zyakŭ ari-masŭ ka? — Miti-no ri-su-wa, nan ri de gozai-masŭ ka? — Kono iye-no takasa-wa nan gen-de gozai-masŭ ka.

XXXV

Kane-no mikata-wa nan gin de gozai-masŭ ka?— Anata-no tokei-wa nan doki de gozai-masŭ ka?—

Kono tera-ni bó-zŭ-wa iku-tari ori-masŭ ka? — *Ko-domo-wa nan nin ko-ko-ni manabi-masŭ ka?* — *Nan getŭ Nip-pon-no kusa-no tane-wo maki-masŭ ka?* — *Nan nen-ni mae-no syau-gun-wa kon-rei si-masita ka?* — *Anata-wa, nan do sake-wo o nomi nasai-masŭ ka?* — *Anata-no didi-wa iku tabi kono si-ba-ï-ni mairi-masŭ ka?* — *Kono minato-ni nan zau fune-ga kakari-masŭ ka?* — *Anata-wa kono hon-wo nan ben o yomi nasai-masŭ ka?* — *Ano akindo-wa kono hako-wo nan monme de uri-masŭ ka?* — *Se-kai-no uti-ni baka-wa nan man nin ori-masŭ ka?* — *Ano gakŭ-sya-no e-wa nan mai gozai-masŭ ka?* — *Kura-no uti-ni nezŭmi-ga nan biki ori-masŭ ka?* — *Anata-no sono-ni sakura-no ki-ga nan bon gozai-masŭ ka?* — *Kono hon-wa iti mai-ni nan gyau gozai-masŭ ka?* — *Anata-wa ogi-wo nan tui o moti nasai-masŭ ka?* — *Ano onna-wa tabi-wo nan zokŭ kai-masŭ ka?* — *Anata-wa don-na ko-gatana-wo watakŭsi-ni kudasai-masŭ ka?* — *Yoko-hama-kara Yedo-ye nan doki kakari-masu ka?* — *Nip-pon-kara Fŭransŭ-ye-wa iku niti kakari-masŭ ka?* — *Parisŭ-kara Uyerŭsaiyŭ made nan ri kakari-masŭ ka?* — *Kono tetŭ-no bó-no kake-me-wa ikura ari-masŭ ka.* — *Donna tokei-wo moti masŭ ka?* — *Konna tokei-wo moti-masŭ.* — *Anna yatŭ-ni-wa ammari tabi-tabi awa-nai ga yorosiŭ gosai-masŭ. — Anna-ni asane-wo sŭru to karada-ni warŭ gozai-masŭ. — Sonna koto-wo hito mae de-wa iware-masen. — Sonna mono-wo kakare-masen. — Sonna hito-ni kamaᶜu koto-wa deki-masen. — Sonna-ni hara-tate tya ike-masen. — Anata-no kitanai te-bukuro-ga konna-ni kirei-ni nari-masita. — Hen-na mono-wo mi-masita. — Hen-na koto-wo kiki-masita.*

TROISIÈME PARTIE.

FABLES EN LANGUE VULGAIRE

composées

par Kuri-moto Tei-zi-rau

(DE YÉDO).

XXXVI

NIWATORI-NO TAMA.

Mukasi iti va-no on-dori-ga kusa-no naka-ni e-wo sagasi-masita toki-ni, amata-no tama-no naka-ni kangayaite atta-wo mite, tan-sokŭ site mausi-masŭ-ni-wa: «Attara kono yau naru takara mono-wo tŭti-no naka-ni sŭtatte aru ga, mosi hito-no kore-wo miidasu toki-ni-wa obitadasiku tsyau-hau to si-masyau-ni, watakŭsi-ni-wa makoto-ni mŭ-yeki-no mono nite, hi-

*totŭ bu-no awa-ga haruka-ni masi-de gozai-masŭ»
to mausi-masita.*

*Kotowaza-ni, takara-wa yó-yó-no sina-wo motte,
dai iti to itasi-masŭ to mausi-masŭ.*

XXXVII

INU-NO KAGE.

*Ip-piki-no inu-ga kuti-ni hito kire-no niku-wo
kwaete aru hasi-wo tôri-masita toki-ni, hasi-no sita-
ni mo dô-yau inu-ga ip-piki niku-wo kwae-taru-wo
mitŭke-masite, zi-bun-no kage naru koto-wa sira-
zŭ, onore-no niku-wo sŭte-oki, kare-no-wo toran to
kake-yŭki-masite, midŭ-no naka-ni sini-kakari-ma-
site, hon-tau-no niku-wa doko-ye ka nagare-masita.*

*Kotowaza-ni, yoku-no fukai mono-wa nise-mono-
no tame-ni kayette, ma-koto-no mono-wo usina^u tamesi ga ohoku gozai-masŭ to mausi-masu.*

XXXVIII

KITUNÉ TO BU-DAU-NO HANASI.

*Ip-piki-no furu gitŭne-ga tau-tyu de yoku ziku-
sita bu-dau-wo mitŭke-masita-ga, sono ki-ga amari
taka-sŭgite bu-dau-wo hitotŭ mo toru koto-ga de-ki-
masenanda yŭye-ni, kitŭne-ga tomo-dati-ni mausi-
masŭ-ni-wa: «Kono bu-dau-wa mada awo sŭgite,*

bim-bo-nin-no kui-mono-ni sika nari-masen » *to mau-si-masita.*

Ka-yau-no fu-hei-wa yoku aru koto de gozai-masŭ ga ma-koto-ni setŭ kiwamari-masŭ ne?

XXXIX

KAᶜIRU TO USI-NO HANASI.

Ike-no waki-ni ip-piki-no kaᶜiru-ga ohoki-na usi-wo mi-masite, zi-bun mo usi-no gotoku nari-taku omoi-masite, se-naka-wo fukurakasi-masita. Sau-site, tomo-dati-ni mausi-masŭ-ni-wa: « *Watakŭsi-wa usi-no yau-ni ohokiku nari-masita ka?* » *Tomo-dati-ga:* « *Mada, sono yau-ni ohokiku nari-masenŭ* » *to kotaye masita. — Tada-ima-wa dó-de gozai-masŭ to kaᶜi-ru-ga mata tadŭne-masita toki-ni, tomo-dati-ga:* « *Mada naka-naka yotte-mo tŭkenai* » *to mausi-ma-sita. Sore-ni yotte, kaᶜiru-ga sikiri-ni se-naka-wo fukurakasi-masite, tóto zi-bun de fuki-sake-masita.*

XL

KASI-NO KI TO YOSI-NO HANASI.

Kasi-no ki-ga aru-hi yosi-ni mausi-masŭ-ni-wa : « *Kami-sama-wa, anata-no tame-ni-wa yoku gozai-masenŭ. Sono wake-wa kaze-ga fuku tabi-ni, anata-*

no atama-wo mage-masŭ yau-ni kosirae takara; mosi anata-ga yama-ni haye-nasŭta naraba , watakŭsi-ga oho-kaze-no toki-ni-wa o tasŭke mausi-masyau-ni, anata-wa itŭ-mo kaze-no fuku, midŭ-bata-ni nomi o haye nasai-masŭ kara , makoto-ni oki-no doko de gozai-masŭ» to mausi-masita.

Yosi-no mausi-masŭ-ni-wa : «Anata-no go sin-setŭ-wa makoto-ni ari-gatau gozai-masŭ ga, kes-site wata-kŭsi-ni go sin-pai kudasai-masŭ na ; kaze-wa wata-kŭsi-yori anata-no hau-ga ken-nonde gozai-masŭ.»

Kono hanasi-no uti-ni, oho-kaze-ga fuki-masite, kasi-no ki-wa moti-kotayete ori-masŭ-si, yosi-wa magari-masita. Ni-do-me-no oho-kaze-ni kasi-no ki-no atama-wa sora-ni fuki-saraware-masite, ne-wa di-gokŭ-ye oti-masita.

XLI

SARU TO KAGÉ-É-NO HANASI.

Sagami-no kuni [1], Yokosŭka-no [2] waki-ni, Kana-zawa [3] to i^u ko mura-ni, aru ohoki-na tane-

---

[1] 相サガ模ミ
[2] 横ヨコ須ス賀カ
[3] 金カナ澤ザハ

mono-ya ga gozai-masita. Sono uti-ni, ip-piki-no kasikoi saru-ga ori-masite, sono kin-zyo-no keda-mono-kara kawaigarare-masita. Syau-gwatŭ gwan-zitŭ, aruzi-no ru-su tiu saru-ga tomo-dati-wo uti-ni yobi-atŭme-masite, aruzi-no tóri kage-e-wo miseru tŭmori de gozai-masita.

Saru-ga kage-e-no dau-gu-no si-takŭ-wo si-ma-site, ken-butŭ-nin-wo maku-no mae-ni sŭwarase-masite, mausi-masŭ-ni-wa:

«Mina-sama, go-ran nasai-masi! Kore-wa Tsyau-sen-no ikusa-no ye de gosai-masŭ. Mukau-ni oru-no-ga Tai-kau sama de; migi-ni miyeru-no-wa tai-syau-dati de, harouka usiro-ni rippa-na akai yoroi-wo kite, sika-no tŭno-no mae-date-mono-no [1] kabuto-wo kaburi, te-ni Namu-myau beô-hauren-ge-kyau-no [2] hata-wo mottaru-wa, Ka-tó Kiyo-masa [3] de gozai-masŭ. Sau-site, saru-ga, it-toki-no aida, kwasiku kage-e-wo kau-syakŭ si-masita.

Sono aida ken-butŭ-nin-ga tagai-ni ono-ono-no kangai-wo mausi-masita.

Iti va-no baka-tori-ga hoka-no mono-ni mausi-

---

[1] 前マ 立ダテ 物モ

[2] 南ナ 無ム 妙ベウ 法ハウ 蓮レ 華ゲ 經キャウ

[3] 加カ 藤トウ 清キヨ 正マス

masŭ-ni-wa: «*Ano saru-wa makoto-ni mono-siri-de, sau-site yoku kono medŭrasii e-no kau-syakŭ-wo yokŭ itasi-masŭ.*»

Ip-pi-ki-no usi-ga kotaye-masŭ-ni-wa: «*Saru-ga kono hau-domo-ni miseta omosiroi koto-wo watakŭsi-wa yoku wakari-masenŭ.*»

Kitŭne-no mausi-masŭ-ni-wa: «*Watakŭsi-no ryau-ken-ni-wa, kono saru-wa zitŭ-ni kiyo de yoku kage-e-wo omosiroku mise-masŭ.*»

Makoto-ni saru-wa yoku aruzi-no tóri-ni kage-e-wo mina-ni kau-syakŭ si-masita-ga, tai-setŭ-no akari-wo tŭkeru-koto-wo wasure-masita.

VOCABULAIRE

JAPONAIS-FRANÇAIS

ABRÉVIATIONS

employées dans ce vocabulaire.

Adj.	Adjectif.	S.	Substantif.
Adv.	Adverbe.	V.	Verbe.
C.	Conjonction.	V. i.	Verbe impersonnel.
Dét.	Déterminatif spécifique.	V. p.	Verbe passif.
Int.	Interjection.	V. pr.	Verbe pronominal.
N.	Nom de nombre.	*	Mot sinico-japonais.
Pr.	Pronom.	**	Mot composé chinois et
Pp.	Postposition.		japonais.

VOCABULAIRE

JAPONAIS-FRANÇAIS

Des mots renfermés dans ce recueil [1].

㋑ I.

Ii, adj., bon.

Iiye, adv., non.

Iro, couleur, manière; plaisir sensuel.

Iro-iro, de diverses couleurs; de toutes couleurs; de toutes sortes, de toutes les manières.

Iroha, l'alphabet japonais, ainsi appelé du nom de ses trois premières syllabes.

Iye, s., maison.

Ito, s., fil.

Itoko, s., cousin.

Iti *, n., un; entièrement.

Iti, marché, foire.

Iti-ban *, une fois, le premier.

Iti-do *, une fois.

Idiwarusa, s., méchanceté.

Iti-mai, une feuille, un feuillet.

Itigo, s., framboise.

Iri,-ru,-tta, v., entrer, employer, servir, avoir besoin.

Inu, s., chien.

Inu-sisi, s., sanglier.

Iwau, s., soufre.

Iwasi, s., sardine.

I-ka, à partir de ce qui suit.

Ika-hodo, combien?

Ikari, s., ancre.

Ikari,-ru,-atta, v., être en colère, se mettre en colère.

Ika-ga, adv., comment? pourquoi? quel? quoi?

Ikau, s., porte-manteaux.

Ita, s., planche.

Itadŭra, paresseux, inutile, débauché.

Itatte, adv., très, extrêmement.

Itasi -sŭ,-sita, v., faire.

Idasi,-sŭ,-sita, v., surgir, faire surgir, sortir, envoyer.

Ip *, transformation euphonique de *iti* *, *itŭ* *. (Voy. ces mots et leurs composés.)

It *. Voy. *Ip* *.

Itŭ *, un (en composition.) ‖ Quand? habituel.

---

[1] Extrait par M. François Sarazin du *Dictionnaire Français-Japonais*, composé par le professeur Léon de Rosny.

Ip-pai *, une tasse.
Ip-pon *, dét., une tige, un bâton, un objet en forme de tige; un manche.
It-toki, une heure.
Ik-ka (pour *ikŭ-ka*), quel jour?
Is-satŭ *, dét., un volume, un cahier.
Is-sau *, dét., une voile, un navire.
Itŭtŭ, n., cinq.
Is-syo *, un lieu, un même lieu.
Is-syo-ni **, ensemble.
Ip-piki *, dét., une tête, une tête de bétail.
I-nemuri, endormi sans être couché, assoupi, endormi sur un siége.
Inaka, s., les champs, la campagne.
Irasiyai, entrer, aller, être (locution de courtoisie). ‖ Voy. la Grammaire.
Isarerare. Voy. *Irasiyai*.
Inoti, s., la vie.
Inoko, s., cochon, porc.
Iku, adv., combien?
Iku-tari, adv., combien de personnes?
Iku-tabi, adv., combien de fois?
Ikura, adv., combien?
Ikusa, s., guerre.
Iya, s., refus.
Iyagari,-ru,-tta, v., détester, ennuyer, manifester un refus.
Iyasi,-sŭ,-sita, v., guérir.
Ima, adv., maintenant.
Ike, s., lac, étang.
Iu. Voy. *Ii*.
Iye, s., maison.
Iye-domo, c., quoiqu'on dise, quoique, bien que.
Iye,-ru,-ta, v., se guérir.
Ide,-ru,-ta, v., surgir, sortir.
Iki, s., souffle, haleine, respiration.
Iki, gracieux, gentil.
Iki,-u-tta, v., aller. ‖ Voy. *Yŭki*.
Igirisŭ, anglais.
Isi, s., pierre.
I-sya *, s., médecin.
Imôto, s., la plus jeune sœur, sœur cadette.
I-zen *, adv., à partir de ce qui précède, avant, premièrement. ‖ —*yori*, depuis longtemps.

ロ RO.

Rokŭ *, s., six.

ハ HA.

Ha, s., feuille.
Ha, s., plume.
Ha, s., dent.
Va ou *Wa*, postposition partitive, pouvant se rendre par «pour ce qui est de».
Ba, s., place, marché.
Bai *, double, x fois plus.
Hairi,-ru,-tta, v., entrer.
Hai-ken *, regarder, voir (locution d'humilité s'employant à la 1re personne).
Haha, s., mère.
Hato, s., pigeon.
Hati *, n., huit.
Bati, s., châtiment du ciel.
Hadime, s., commencement.
Parisŭ, la ville de Paris.
Haru, s., printemps.
Haruka, loin, éloigné ‖ — *ni*, fortement, beaucoup.
Baka, s., fou, insensé, stupide.

Baka-tori, s., nom d'un oiseau. ‖ Voy. *Baka*.

Hakari,-ru,-tta, v., estimer, mesurer, peser.

Bakari, adv., seulement.

Ha-gane, s., acier.

Baka-yaro, s , imbécile ‖ —*me*, l'imbécile !

Hakama, s., culotte.

Hata, s., drapeau.

Hata, s., champ.

Hatati, âgé de vingt ans.

Hatake, s., cultures maraichères, jardin fruitier.

Hataki,-ku,-ita, v., donner de la trique, bâtonner, battre.

Hadŭre, la fin, le bout.

Hadŭre,-ru,-ta, être en dehors, séparé (de la condition habituelle).‖ Manquer, ne pas réussir.

Hane, s., plume, aile.

Hane,-ru,-ta, s., éclabousser, décapiter.

Hana, s., le nez.

Hána, s., fleur.

Hanahada, adv., très, extrêmement.

Hána-zono, s., jardin fleuriste.

Hána-zakari, s., floraison.

Hanasi, s., conversation, histoire, conte, fable.

Hanasi,-sŭ,-sita, v., parler, causer, dire.

Hara, s., le ventre.

Bara, s., rose, rosier.

Haratati,-u, v., être en colère.

Hara'i,-'u,-atta, v., payer.

Hau *, 法 s., loi.

Hau, 方, s., coté, place, personne.

Hau-tyau, s., couteau de cuisine.

Hô-yŭ *, s., ami, camarade.

Bô-si *, s., chapeau.

Hau-bi *, s., récompense.

Bô-zŭ *, s., moine, bonze.

Hakŭ-ran-kai, s., exposition universelle.

Hayari,-ru,-tta, s., suivre le courant des choses, se conformer à la mode ; courir (en parlant d'une maladie); être populaire.

Haya-tŭke-gi, s., allumette chimique.

Hayakŭ, adv., vite, de bonne heure, bientôt.

Hayasa, s., vitesse, célérité.

Hayasi, s., bois, forêt.

Hayasi, s., musique.

Hayasi-kata, s., musiciens.

Hako, s., boîte, coffre, malle.

Haye,-ru,-ta, v., naître, croître, pousser.

*Haki,-ku,-ita,*v.,vomir,cracher.

Haki,-ku,-ita, v., porter, chausser.

Hasi, s., pont.

Hasi, s., bâtonnets dont les Japonais se servent pour manger.

Basi, s., pont.

Hasi-basi, à tous les vents.

Hazime. ‖ Voy. *Hadime*.

Han *, 判 empreinte, sceau, planche à imprimer.

Ban *, fois. ‖ Voy. *Iti-ban* *.

Han *, 半 demi, moitié.

Han-bun *, la moitié (demi-partie).

Han-sŭri **, s., imprimeur.

ꓱ **NI.**

Ni, n., deux.

Ni, pp., au, à la, aux.

Niva, s., jardin.

Ni-hon*, le Japon.

Ni-hon zin*, Japonais, homme du Japon.

Niti*, s., le jour.

Niti-niti*, s., tous les jours.

Niwoi, parfum, odeur.

Niwa. ‖ Voy. *Niva*.

Niwatori, s., coq, poule.

Nip-pon*. ‖ Voy. *Ni-hon**.

Nira, s., ail.

Niu-yô*, s., utilité.

Niku, s., viande, chair. ‖ *Hito,-no niku*, chair humaine.

Nikugari,-ru,-tta, v., détester, haïr.

Nikumi,-mu,-nda, v., haïr, détester.

Nige,-ru,-ta, v., s'enfuir.

Nite. ‖ Voy. la Grammaire.

Ni-mo. ‖ Voy. la Grammaire.

Nise, adj., faux. ‖ — *gane*, faux monnayeur.

Nise-mono, objet faux, imité.

Nin*, s., homme.

ꓸ **HO.**

Hodo, quantité, espace de temps, sorte ; comme ; depuis, vers.

Hodoke,-ru,-ta, v., être détaché, dénoué. ‖ *Tŭna-ga hodoketa*, le cordon est détaché.

Hodokosi, distribution, bienfaisance. ‖ *Ano hito-wa — wo sŭki-masŭ*, cet homme aime à faire du bien.

Hô-tyô*, s., ‖ Voy. *Hau-tyau*.

Hori, s., fossé, canal.

Hori-mono, s., sculpture ; tatouage.

Hoka, pr., autre, dehors.

Hososa, s., finesse, étroitesse.

Bô, s., bâton, massue, assommoir.

Hoko, s., lance, javeline.

Hoye,-ru,-ta, v., aboyer.

Home,-ru,-ta, v., récompenser.

Hosi, s, étoile.

Hosi,-sŭ,-sita, v., sécher.

Hôbi, s. ‖ Voy. *Hau-bi*.

Bô-zŭ, s, moine.

Hon*, s., livre, volume.

Hon-tô*, adv., vrai, vraiment, en effet.

Hon-ya*, s., libraire.

Hon-yakŭ*, s., traduction.

Hon-yakŭ-si*, *-sŭru,-sita*, v., traduire.

ꓼ **HE.**

Hei, adv., oui.

Hei-sotŭ*, s., soldat.

Hei-si*, soldat.

Heri,-ru,-tta, v., diminuer. ‖ *Hara-ga* —, avoir faim.

Betŭ*, autre.

Bet-tau*, s., garçon d'écurie.

Bes-sau*, s., maison de campagne.

Berabo, s., fou, idiot.

He-ya, s., chambre.

Beki, v. a., pouvoir, devoir. ‖ Voy. la Grammaire.

Hebi, s, serpent.

Hen*, fois, numérale.

Hen-na, adj., extraordinaire.

Ben-kyau*, habile, intelligent, adroit.

Hen-zi*, s., réponse.

ﾄ **TO.**

To, c., et, avec; que.

To, s., porte.

Do *, s., degré, division.

Doro, s., boue, vase.

Dôrobo, s., voleur.

Do-do *, adv., souvent.

Todoki,-ku,-ita, v., atteindre à, arriver.

To-ti *, s., contrée, pays, sol.

Todiru, v., coudre, relier.

Todiru, v., fermer.

Tori, s., oiseau.

Toru, v., prendre.

Tooi, adj., éloigné, distant, étranger.

Toga-nin **, s., criminel.

Dore, quel?

Tore,-ru,-ta, v. p., être pris.

Tonari, s., voisin.

Donata, pr., qui?

Tora, s., tigre.

Tô, v. a., demander, questionner, s'informer.

Tô, adj., loin.

Dô, comment? pourquoi?

Tôri,-ru,-tta, passer, traverser.

Dô-zo, je vous prie, locution de courtoisie.

Dono, quel?

Tokŭri, s., bouteille.

Dô-yau *, de la même manière, semblable.

Tokei, s., montre.

Tokei-si *, s., horloger.

Toko, s., lit, bois de lit.

Doko, adv., où?

Tokoro, s., endroit, lieu, place. Relatif.

Tokoro-dokoro, plusieurs places, en divers endroits.

Tokoro-gaki, s., adresse, endroit où demeure...

Toki, s., temps, heure. ‖ *Nan doki*, quelle heure? ‖ — *wo yeru*, choisir le bon moment. ‖ — *to site*, parfois, en quelques occasions. ‖ —*ni*, quand, lorsque, à l'époque.

Togi,-gu.-ida, v.,polir, repasser.

Toki-ni, adv., à présent, maintenant. ‖ Quand.

Toki-doki, adv., de temps en temps, parfois.

Tosi, s., année.

Tosi-dosi, adv., tous les ans, chaque année.

Tosi-yori, adj., vieux, âgé.

Tomo, s., compagnon.

Domo, marque du pluriel.

Tomo-kakumo, adv., quoiqu'il en soit, malgé tout.

Tomo-dati, s., camarade, compagnon.

Tomosi,-sŭ,-sita. v., allumer.

Don, stupide, bon à rien.

Don-na, quelle sorte? quelle espèce?

ﾁ **TI.**

Ti *, 地 s., terre.

Di *, 時 s., temps, heure.

Di *, 事 s., affaire.

Di *, 自 pr., soi-même.

Tiisai, adj., petit.

Tiisau, adv., petitement.

Tiisasa, s., petitesse.

Titi, s., père.

Titi, s., lait.

Didi, s., grand-père.

Tikai, s., serment.

Tikagoro, adv., récemment, dans ces derniers temps, ‖ Très, fort.

Tyotto, adv., un peu, un moment, un instant.

Tyau 蝶 s., papillon.

Tyau 帳 s., registre, livre de compte.

Tyau 朝 s., le matin.

Tyau 町 s., rue.

Tyau 長 long.

Tyau-nin , s., citoyen, homme du peuple.

Tyô-hau , utile, bien approprié, précieux.

Tyau-ren , exercice militaire.

Dyau-yakŭ , s., traité, convention.

Tyau-sen , s., la Corée.

Tiu , milieu, centre.

Diu, n., dix.

Diku, adj., mûr.

Tya , s., thé.

Tyakŭ , arriver. ‖ Porter (un vêtement.

Tyakŭ-si , s., le fils ainé.

Tya-ya , maison de thé, répond chez les Japonais aux cafés de l'Europe.

Di-ko , pr., moi-même.

Di-kô , s., température, atmosphère, climat.

Di-gokŭ , s., l'enfer.

Diki, adv., bientôt.

Di-biki , s., dictionnaire des signes idéographiques.

リ RI.

Ri 里 s., lieue japonaise.

Ri 理 s., la raison.

Ri-ô 利用 s., utilité.

Rip-pa , adj., beau, magnifique.

Riu 龍 s., dragon.

Riu 流 s., courant, style.

Ryau (reô) 料 s., valeur, prix.

Ryô 獵 s., la chasse.

Ryau 兩 s., monnaie valant 4 itsibous.

Ryau 量 s., talent, capacité.

Ryau-ri-nin , s., cuisinier.

Ryau-ri-ya , s., cuisine.

Ryo-gwai , impoli, grossier.

Ryau-gaye-ya , s., changeur.

Ryau-ken , s., pensée, intention, opinion.

Ryau-si , s., chasseur.

Ryau-si , s., pêcheur.

Ri-kô , s., esprit supérieur.

Ri-sŭ , s., écureuil.

Ri-sû. s., le nombre de lieues, la distance.

ヌ NU

Nu, particule négative.

Nure,-ru,-tta, v., être humide, mouillé.

Nuno, s., fil.

Nusŭ-bito, s., voleur.

ル RU.

Ru-sŭ*, gardien. ‖ Absent du logis. ‖ *Ru-sŭ-more*, remplaçant, gardien.

ヲ WO.

O, impérial ; particule de courtoisie.

Wo, marque de l'accusatif.

Oi, s., neveu.

Oi-hagi, s., voleur.

Oite, pp , dans, à, par rapport à.

O-ba, s., tante.

Ohoi, adj., grand.

Oho-ba, s., grand'mère.

Oho-kami, s., loup.

Oho-kaze, s., tempête, typhon.

Oho-taka, s., vautour.

Ohoku, adv., beaucoup, grandement.

Ohokiku, adv., grandement.

Oboye, s., la mémoire.

Oboye,-ru,-tta, v. pr., se rappeler, se souvenir.

Oho-saka, nom d'une des principales villes du Japon.

Oho-zake-nomi, s., ivrogne.

Ohoki, adj., grand.

Ohokisa, s., grandeur.

Obosimesi, s., pensée, opinion.

Odori, s., la danse.

Odori,-ru,-tta, v., danser.

Odori-ko, s., un danseur.

Otoko, s., un homme, un mâle.

Odosi,-sŭ,-sita, v., effrayer. alarmer, intimider.

O-di, s., oncle.

Ori, le temps opportun, l'occasion.

Ori, s., prison.

Ori,-ru,-tta, v., demeurer, habiter.

Oyogi, s., natation.

Oyogi,-gu,-ida, v., noyer, flotter.

Odayaka, adj., tranquille, calme, serein.

Ore, pr., je, moi (terme vulgaire). ‖ Voy.la Grammaire.

Ososa, s., lenteur.

Otte, adv., bientôt, à la première occasion.

Onadi, même, semblable, conforme, idem.

Ono, pr., chaque.

Ono-ono, pr., chacun, tous.

Onore, pr., soi-même.

Okuri, s., envoi, accompagnement.

Oya, s., les parents.

Omai, pr., toi. vous.

Omae. ‖ Voy. *Omai*.

Ofure, s., décret.

Okori, s., origine, cause.

Okori,-ru,-tta, v., commencer, se lever, surgir, être surexcité.

Okosi,-sŭ,-sita, v., causer, soulever. ‖ *Ikusa-wo okosŭ*, lever une armée.

Oki, s., la pleine mer.

Oki,-ku,-ita, v., placer, mettre, établir.

O-gi, s., éventail.

Ome,-ru,-ta, v., être timide, honteux.

Osiye, s., enseignement.

Osiye,-ru,-ta, v., enseigner.

Osimi,-mu,-nda, v., regretter, priser, tenir à, évaluer.

Obi, s., ceinture.
Obitadasiku, adv., en grande quantité, considérablement, fortement, violemment.
Omoi, s., la pensée.
Omoi,-ô,-ota, v., penser.
Omosa, s., la pesanteur.
Omosiroi, agréable, amusant, intéressant.
Ondori, s., coq.
Onna, s., femme.

ワ **WA.**

Wa, article partitif, indiquant généralement le sujet de la phrase. || Voy. la Grammaire.
Warui, adj., méchant.
Warŭ, adv., méchamment.
Warusa, s., mechanceté.
Waga, pr., je ou moi. || Voy. la Grammaire.
Wakari,-ru.-tta, v., diviser, comprendre.
Watari,-u,-tta, v., traverser, passer (l'eau)
Watakŭsi, pr., je ou moi.
Watasi, pr., je ou moi (vulgaire).
Ware, pr., je ou moi.
Wara, s., paille.
Wake, s., raison, signification.
Waki, s., le côté.
Wasŭre,-ru,-ta, v., oublier.

カ **KA.**

Ka, s., jour.
Ka, particule interrogative.
Ga, particule. || Voy. la Grammaire.

Kai*, s., étage.
K'ai,-'u,-tta, v., acheter.
Kai-hau*, s., garde-malade.
Kairu*, s., grenouille.
Kaiko, s., ver à soie.
Gwai-kokŭ*, s., pays étranger.
Gwai-kokŭ-zin*, s., étranger.
Kai-mono**, s., acquisition.
Kadi, s., mûrier à papier.
Kadi-ya, s., serrurier, forgeron.
Kari, s., la chasse.
Kari,-ru,-ita, v., chasser.
Kari-udo, s., un chasseur.
Kari,-ru,-rita, v., chasser.
Karusa, s., légèreté.
Kawo, s., face, figure.
Kawa, s., rivière, fleuve.
Kawai, aimable.
Kawaisa, s., amabilité.
Kawari, s., un remplaçant.
Kawaki,-ku,-ita, v., avoir soif, être desséché, avide.
Kawaki, s., soif
Kawase, change (d'argent).
Kakari,-ru,-tta, v., être suspendu
Kagayaki,-ku,-ita, v., briller.
Kagami, s., miroir.
Kata, s., côté.
Gata, particule du pluriel.
Katana, s., sabre, coutelas, || *Ko-gatana*, couteau.
Katau, adv., fermement, durement, solidement.
Kare, pr., celui-là, lui, elle.
Kappa, s., pardessus pour le temps de pluie.
Kas-sen-si**,-sŭru,-sita, v., combattre.
Kane, s., métal, argent.
Kane-fuki, s., fondeur en métaux.

Kane-moti, s., riche.

Kana, s., caractère de l'écriture syllabique japonaise.

Kana-zawa, nom d'une localité.

Kara, particule de l'ablatif.

Karada, s., le corps.

Ka-rau *, s., ministre des princes féodaux ou dai-myaux.

Kano, pr., celui-là, celle-là ; il, elle.

Kaki,-ku,-ita, v., écrire.

Kagi,-gu,-ida, sentir.

Kakŭ, s., corne, coin, angle.

Gakŭ *, s., étude.

Gakŭ-kau *, s., école.

Gakŭ-sya *, s., savant.

Gakŭ-mon *, s., l'étude, la science, la littérature.

Gakŭ-mon-zyo *, s., une école.

Kakusi,-sŭ,-sita, v., cacher.

Kamai,-a'u,-atta, v., se préoccuper, songer à, prendre soin de.

Kamaye,-ru,-ta, disposer, construire.

Kake,-ru,-ta, v., suspendre, placer, mettre. ‖ *Nasake-wo* -, témoigner de la bienveillance. ‖ *Hi-wo* —, mettre le feu. ‖ *Kosi-wo* —, s'asseoir. ‖ *Siwo-wo* —, saler. ‖ *Me-kata-wo* —, peser. ‖ *Inoti-wo* —, exposer sa vie. ‖ *Kokoro-ni* —, se rappeler. ‖ *Kane-wo* —, dépenser de l'argent. ‖ *Kui* —, commencer de manger, manger en partie.

Kake,-ru,-ta, v., courir.

Kage, s., ombre, secret, bienfaisance, secours.

Kake-me, s., poids.

Kabuto, s., chapeau.

Kaburi, s., chapeau de cérémonie.

Kayeri,-ru,-ta, v., retourner.

Kayette, au contraire.

Kasa, s., ombrelle, parapluie.

Kaki, s., un écrit, un document.

Kagi, s , clef.

Kagi,-u,-ida, v., sentir.

Kaki-kata, manière d'écrire.

Kaki-yaku, s., copiste.

Kame, s., tortue.

Kami, s., cheveux.

Kami, s., papier.

Kami, s., seigneur.

Kami-yŭi, s., coiffeur.

Kami-ai,-au,-atta, v., se disputer, se battre.

Kami,-mu,-nda, v., mordre.

Kasi, s., le chêne.

Ka-zi *, les affaires de la famille.

Kazi, s., serrurier, forgeron.

Kasi, s., gâteau.

Kasi,-sŭ,-sita, v., prêter.

Kasiku, respectueusement.(Expression qui termine les lettres.)

Kasi-kudasari,-ru,-tta, v., me prêter.

Kazi-ya, s., serrurier.

Kasikoi, adj., intelligent, savant.

Kamo, s., canard sauvage.

Kase, s., dévidoir.

Kaze, s., vent.

Kan *, 欠 s., déficit.

Kan *, 癇 s., crampes.

Kan *, 感 s., admiration.

Kan *, 勘 s., intelligence rapide.

Kan *, 漢 s., la Chine.
Kan-gai *, la pensée.
Kan-dan-kei *, s., thermomètre.
Kanmuri. ‖ Voy. *Kaburi*.

㋵ YO.

Yo, s., la nuit.
Yo, s., affaire, usase.
Yo, s., la vie, le siècle, l'âge, le monde.
Yoi, adj., bon.
Yoroi, s., cotte de mailles.
Yorokobi, s., joie, plaisir.
Yorokobi,-bu,-nda, v., se réjouir, être content.
Yorosyu, adv., bien, bon.
Yori, pp., de (latin : *ex;* anglais : *from*); particule de l'ablatif.
Yowasa, s., faiblesse,
Yotŭ, n., quatre.
Yotte, pp., à cause.
Yo-naka, s., minuit.
Yomi,-mu,-yonda, v., lire.
Yŏ, adv., bon, bien.
Yau-zyau *, s., le soin de la santé.
Yô-bi, s. ‖ *niti* —, dimanche.
Yoku, adv., bien.
Yogosi,-sŭ,-sita, v., salir.
Yo-aruki, s., promenade nocturne.
Yosa, s., bonté.
Yoki. ‖ Voy. *Yoi*.
Yomi, s., lecture.
Yosi, s., affaire, sujet, cause, circonstance.
Yobi,-bu,-nda, v., appeler.
Yobi-atŭme,-ru,-ta, v., convoquer, réunir.

Yose,-ru,-ta, v., approcher, faire rapprocher, réunir.
Yo-sŭgi, s., existence. ‖ *Yo-sŭgiru*, trop bien fait, c.-à-d., « mal fait ».

㋟ TA.

Da, pour *de-aru*. ‖ Voy. la Grammaire.

Tai *, 大 adj., grand.

Dai *, 弟 place, règne.

Dai *, part. ord. ‖ -*iti* *, premier ‖ -*san* *, troisième.
Tai-riu *, s., arrêt, station.
Tai,-ku, v., désirer.
Dai-gakŭ *, la Grande Étude, traité de philosophie classique de l'École de Confucius.
Tai-sau, adv., beaucoup, très, extrêmement.
Tairaka, adj., égal, calme, paisible.
Dai-kŭ, s., charpentier.
Tai-kun *, grand prince, nom donné par les Européens au *syau-goun* ou lieutenant-impérial du Japon.

Tai-ko, 大鼓 s., tambour.

Tai-ko *, 大古 s., la haute antiquité.

Tai-kô *, 大功 grand mérite.

Tai-kau-sama **, nom d'un célèbre général japonais. (Voy. l'Introduction au *Cours pratique*, part. I.).
Tai-tei, adv., en général, pour la plus grande partie.

Dai-myau *, s., prince féodal de l'empire japonais.

Tai-si *, s , prince héréditaire, héritier présomptif du trône.

Dai-zi *, s., grande affaire ; adj., important.

Tai-syau, s., général.

Tai-setŭ *, adj., important, estimé.

Tabako, s., tabac.

Tani, s., vallée.

Tabe,-ru,-ta, v., manger.

Tabe-mono, s., comestible, objet pour la nourriture.

Tati, s., rang, marque du pluriel.

Tati-mati, adv., tout à coup.

Tati.-tŭ,-tta, v., se tenir debout, établir.

Tari,-ru,-tta, v., être suffisant.

Tawore,-ru,-ta, v., tomber, s'écrouler.

Tawosi,-sŭ,-sita, v., faire tomber, abattre, renverser.

Taka, s., faucon.

Takai, adj., haut, élevé.

Tagai, adj., mutuel, réciproqne.

Taka-gari, s., chasse au faucon.

Takara, s., choses précieuses, richesse.

Takau, adv., hautement, chèrement.

Takasa, s., hauteur, élévation.

Tada, c., mais.

Tada-ima, adv., maintenant, à présent.

Tadasi, c., mais, cependant.

Tada-bito, s , un homme du commun.

Dare, pr., qui ?

Dare-mo, pr., personne (avec un négatif).

Tatŭ, s., dragon.

Tadŭne, s., question.

Tadŭne,-ru.-ta, v., questionner, s'informer.

Tas-sya *, bien portant, en bonne santé, fort, vigoureux.

Tane, s., graine.

Tane-mono, s., marchand de graines.

Tane-mono-ya. ‖ Voy. *Tane-mono.*

Tara, abrév. pour *te-araba.*

Tau-tiu *, dans la route, en chemin.

Tau-ri, s., manière, sorte, semblable.

Dau-ri *, s., raison, vérité, le principe de la doctrine.

Dau-gu *, s., ustensiles, meubles.

Tau-zin *, s , un Chinois ; expression de mépris.

Tanomi, s , sollicitation, pétition, dépendance.

Takŭ *, s., maison.

Takŭ-san *, adv., beaucoup.

Tama, s , gemme, pierre précieuse.

Tama-tama, adv., rarement, parfois.

Tama-ya, s., joaillier.

Tama-ya, s., tombeau.

Tamago, s., œuf.

Damasi,-sŭ,-sita, v., tromper, décevoir.

Take, s., bambou.

Dake, quantité.

Take-mŭma, s., cheval de bambou, jeu d'enfant.

Ta-fuku *, s., grand bonheur.

Ta-bun *, s., la plus grande partie. ‖ adv., peut-être, beaucoup.

Tate,-ru,-ta, v., établir, élever, édifier.

Tame, pp., pour.

Tame-ni, pp., pour.

Tame-si, s., cas, exemple.

Tamesi,-sŭ,-sita, v., essayer, examiner.

Tami, s., peuple.

Tabi, s., fois.

Tabi, s., voyage.

Tabi, s., chaussure, socles.

Tabi-tabi, adv., souvent.

Tabi-bito, s., voyageur.

Tasŭke,-ru,-ta, v., aider.

Tan, s., rouge de saturne, oxyde rouge de plomb.

Tanto, adv., beaucoup.

Tan-sokŭ-si **,-sŭru,-sita,* v., se lamenter, soupirer tristement.

Tanki *, irascible, passionné.

Tan-mono, s., pièce d'étoffe.

レ **RE.**

Rei *, 禮 politesse. ‖ *—wo sŭru,* témoigner du respect, payer un professeur.

Rei *, 例 usuel, habituel, ordinaire ; règle, coutume, usage ‖ *— no nai koto,* une chose extraordinaire, inaccoutumée.

Rei-ki *, froid, frais.

Reki-si *, histoire, annales, chronique.

ソ **SO.**

Soroban *, s., abaque.

Soto, le dehors, extérieur.

Soto-ni, adv., en dehors.

Sore, pr., cela. ‖ *Sore de-wa nai,* ce n'est pas cela.

Sore,-ru,-ta, être rasé.

Soregasi, pr., un tel, ‖ *— no,* un certain.

Sonemi,-mu,-nda, v., avoir de l'envie, être jaloux.

Sora, s , le firmament. ‖ *— de yomi-masita,* il a répété de mémoire.

Sono, pr., ce, celui-là, son, sa.

Sono, s., jardin, fleuriste.

Sono-uti, adv., pendant ce temps, bientôt.

Sokŭ *, paire, couple, pour les choses portées au pied.

Zokŭ. ‖ Voy. *Sokŭ.*

Sokŭ-zi, adv., aussitôt, de suite, immédiatement, sur l'intant.

So-ko, adv., là.

Soko, s., le fond.

Son *, 樽 dét., numérale des barriques.

Son *, 孫 petit-fils, descendant.

Sonna, pour *sono yau-na,* de cette sorte, tel.

ツ **TU.**

Tŭi, s., paire, comple, numérale.

Tŭiyasŭ,-su,-sita, v., dépenser.

Tŭti, s., marteau.

Tŭti, s., terre.

Tŭkai, s., envoyé, messager.

Tŭkai -a'u,-atta, v., envoyer, employer. ‖ *Kane-wo —,* dépenser de l'argent.

Tŭkavosi,-sŭ,-sita, v., envoyer.

Tŭkare,-ru,-ta, v. p., être fatigué, épuisé.
Tŭyoi, adj., fort, robuste.
Tŭyoku, adv. fortement.
Tŭyosa, s , force, vigueur.
Dŭ-tŭ *, s., mal de tête, migraine.
Tŭdŭki,-ku,-ita, v., continuer.
Tŭdumi, s., tambour.
Tŭne, usuel, ordinaire. ‖ — *no*, adj., habituel. ‖ — *ni*, adv., toujours.
Tŭnami, s., vague.
Tŭkuri,-ru,-tta, v., faire, fabriquer, composer.
Tŭkuye, s., table.
Tŭkusi,-su,-sita, v., épuiser, consumer, achever, compléter.
Tŭma, s., épouse.
Tŭke,-ru-,ta, v., appliquer, mettre, fixer.
Tŭye, s., canne, bâton.
Tŭki, s., lune, mois.
Tŭmetai, adj., froid (en parlant des choses).
Tŭyu, s., rosée.
Tŭ-zi *, s., interprète.
Tŭmori, s., calcul, dessein, supposition, intention.
Tŭmori,-ru,-tta, v., calculer, estimer.

⨒ NE.

Ne, s., racine.
Ne, s., prix.
Ne,-ru,-ta, v., dormir, se coucher.
Ne-doko, s., lit.
Nen-diu *, adv., toute l'année.
Nedari,-ru,-tta, v., prendre de force, extorquer.

Netŭ-byau *, s., fièvre.
Neko, s., chat.
Nezŭmi, s., souris.
Nen *, s., année.

⨒ NA.

Na, s., nom.
Na, s., légumes.
Nai, adj., qui n'est pas.
Nani, pr., quoi?
Nani-to-zo, int., s'il vous plaît.
Nani-mo, adv., avec un négatif, rien.
Nari, s., son, bruit.
Nari,-ru,-tta, v., être, devenir.
Nari,-ru,-tta, v., sonner, se faire entendre, faire du bruit.
Nari-gatai, adj., difficile.
Narutake, adv., autant que possible.
Naosi,-sŭ,-sita, v., réparer, corriger, guérir; traduire.
Naka, milieu, moyen. ‖ —*ni*, adv., au milieu.
Naka-naka, adv., en vérité, réélement.
Nagai, adj., long.
Naga-iki, s., longue vie.
Nagare,-ru,-ta, v., flotter, passer, être emporté par le courant.
Nagasa, s., longueur.
Nagame, s., vue, aspect, coup d'œil.
Nagame,-ru,-ta, v., contempler.
Na-dakai, adj., célèbre, renommé.
Narai, s., usage, coutume.
Nara'i,-a'u,-tta, v., étudier, apprendre.

Natŭ, s., été.
Naki,-ku,-ita, v., chanter.
Naku-nasi,-sŭ,-sita, v., perdre.
Naku, négatif. ‖ Voy. *Nai.*
Namaketa, adj., indolent, paresseux.
Nasai, radical du verbe *nasaru,* dans le dialecte vulgaire de Tô-kyau.
Nasare,-ru,-ta, v. p., faire.
Nasake, s., bonté, faveur.
Nasi,-su,-sita, v., faire.
Nazimi, s., intimité.
Nan, contraction de *Nani.*
Nan ben, combien de fois.
Nan do, combien de fois.

ﾗ **RA.**

Ra, suffixe du pluriel.
Rai-nen, adv., l'année prochaine.

ﾑ **MU.**

Mu-hon-nin, rebelle, insurgé.
Mu-gaku, ignorant, illettré.
Mudŭkasii, adj., difficile.
Mura, s., village.
Munasii, adv., vain, inutile.
Mŭma, s., cheval.
Mugi, s., orge, blé.
Munasiku, adv., vainement, inutilement.
Mugi-sake, s., bière.
Mŭme, s., prune.
Musiro, s., natte, esteire.
Musi, s., ver de terre, insecte.
Musŭme, s., jeune fille.
Musŭbi,-bu,-nda, v., nouer, se former. ‖ *Mi-wo* —, donner des fruits.

ﾕ **U.**

Ubai-tori,-ru,-tta, v., prendre de force, s'emparer par violence.
Uti, s., le dedans, l'intérieur, l'habitation. ‖ — *ni,* adv., dedans, dans l'intervalle de.
Uti,-tŭ,-tta, v., battre, frapper.
Uri, s., melon.
Uri,-ru,-tta, v., vendre.
Uta, s., chant, poésie.
Utai,-'u,-atta, v., chanter.
Ure,-ru,-ta, v., vendre, pouvoir être vendu.
Urenu, invendable.
Uso tŭki, s., menteur.
Utŭkusii, adj., joli, gracieux.
Utŭkusisa, s., gentillesse, gracieuseté.
Utŭsi,-sŭ,-sita, v., transporter, copier.
Unai,-a'u,-atta, v., cultiver.
Ura, s., le dos, le dessous, le derrière.
Ura, s., localité située sur le bord de la mer, port.
Urami, s., haine, ressentiment.
Umasau, adv., doux, agréablement.
Uke,-ru,-ta, v., recevoir, prendre, saisir.
Uke-tori, s., reçu, quittance.
Uke-tori,-ru,-tta, v., recevoir.
Uke-tamawari,-ru,-tta, v., entendre, entendre dire, apprendre.
Uke-ai,-a'u,-atta, v., garantir, assurer.
Lye, le dessus. ‖ — *ni,* adv., dessus.
Uyeru,-ru,-ta, v., planter.

Uye-ki, s., plante d'ornement.

Uye-ki-ya, s., jardinier, fleuriste.

Umi, s., mer, océan.

Umi,-mu,-nda, donner le jour, enfanter, mettre bas.

Usi, s., bœuf.

Ue. ‖ Voy. *Uye*.

Un-zyau *, s., droit d'entrée.

Un-zyau-syo *, s., douane.

ノ NO.

No, s., champs. campagne.

No particule suffixe du génitif.

Nobori, ru,-tta, v., monter.

Nori,-ru,-tta, v., monter, monter à cheval.

Nozomi, s., désir, espérance.

Nozomi,-mu,-nda, désirer, espérer.

Nozomi,-mu,-nda, v., approcher, arriver.

Nokorazŭ, adv., sans exception, tous.

Nomi,-mu,-nda, v., boire.

Nobi,-ru,-ta, v., s'étendre, se propager, croître, atteindre.

ク KU.

Kui.-û,-ûta, v., manger.

Kuroi, adj., noir.

Kuroku-si, -suru, -sita, v., noircir.

Ku-bau *, s., le lieutenant du syau-gun.

Kurosa, s , noirceur.

Kuni, s., pays, état, province.

Kuti, s., bouche, entrée, sortie.

Kuruma, s., roue, voiture, char, véhicule.

Kuruma-hiki, s , cocher.

Kwa, s., mûrier. ‖ — *no ki*, id.

Kwa-zi *, s., incendie.

Kudasai-masi. ‖ Voy. *Kudasare*.

Kudasare,-ru,-ta, v., donner (à la seconde personne, par politesse).

Kutabire,-ru,-ta, v., être fatigué.

Kudamono, s., fruit.

Kura, s., grenier, magasin.

Kurasi,-sŭ,-sita, v., venir, passer le temps.

Kure,-ru,-ta, v., donner. ‖ —, verbe auxiliaire.

Kutŭ, s., soulier.

Kutŭ-si, s., cordonnier.

Kukuri,-ru,-tta, v., lier.

Kuma, s., ours.

Kusi, s., peigne.

Kubi, s., cou, tête.

Kumori,-ru, v., se couvrir de nuages.

Kusŭri, s., substance chimique, drogue, remède.

ヤ YA.

Ya, s., nuit.

Ya, s., flèche.

Ya, s., maison, boutique ‖ —, artisan, machand.

Yado, s., auberge, logement.

Yari,-ru,-tta, v., envoyer, transmettre, donner.

Yattara, syn. de *Yatta yuyeni*, parce que j'ai donné.

Yau-zyau *, s., le soin de la vie, de la santé.

Yagate, adv., bientôt, présentement.

Yakŭ 役 s., emploi, service, fonction.

Yakŭ *, 約 promesse, engagement.

Yakŭ-nin *, s., employé du gouvernement.

Yakŭ-si,-sŭ,-sita, v., traduire.

Yama, s., montagne.

Yasiki, s., château, maison d'un noble.

Yasŭi, adj., aisé, facile, bon marché.

Yasŭmi,-mu,-nda, v., se reposer.

꜀ **MA.**

Mai, s., feuille, numérale.

Mai *, pr., chaque.

Mairi,-ru,-tta, v., aller, venir.

Mati, rue, (groupe de maisons) ville.

Mati,-tŭ,-tta, v., attendre.

Matigai,-a'u,-atta, v., se tromper, être dans l'erreur.

Marusa, s., rondeur.

Mawari,-ru,-tta, v., tourner, faire le tour.

Mada, adv., déjà.

Matŭ, s., pin.

Madŭ, adv., d'abord.

Maneki, s., invitation.

Maneki,-ku,-ita, v., inviter.

Manabi,-bu,-nda, v., apprendre, étudier.

Mausi,-sŭ, v., dire.

Makura, s., oreiller.

Mama, adv., par intervalles, de temps en temps.

Mage,-ru,-ta, v., courber.

Ma-koto, s., vérité.

Maye-date-mono, s., partie à l'avant du casque; sorte de cimier.

Maye, le devant. ‖ — *ni,* adv., devant, avant, auparavant.

Made, adv., jusqu'à.

Maki, s., bois à brûler.

Maki,-ku,-ita, v., semer.

Maki,-ku,-ita, v., tourner, rouler, contourner.

Maki-tabako, s., cigare.

Mame, s., pois.

Ma-mesi, s., collation, nourriture prise entre les repas.

Masi,-sŭ,-sita, verbe auxiliaire de la langue vulgaire. ‖ Voy. la Grammaire.

Masi, adv., mieux, meilleur, préférable.

Mae. ‖ Voy. *Maye.*

Mamori,-ru,-tta, v., garder, défendre, protéger.

Man *, n., dix-mille, une foule de.

꜀ **KE.**

Ke, s., cheveux, petites plumes.

Kei-ko *, s., investigation, exercice, étude.

Kereba, suffixe du conditionnel. ‖ Voy. la Grammaire.

Kere-domo. c., quoique. ‖ Voy. la Grammaire.

Getŭ *, lune, mois.

Ke-rai *, domestique, serviteur.

Ken *, s., mesure de 10 pieds.

Ken-kwa *, querelle, dispute.

Ken-butŭ-nin *, spectateur.

꜀ **FU.**

Fu-i *, sans y penser, à l'improviste, par surprise.

Futosa, s., épaisseur, largeur, dimension.

Buti,-tŭ,-tta, v., frapper, battre.

Furi,-ru,-tta, v. i., tomber (en parlant de la pluie, de la neige, etc.).

Furui, adj., vieux.

Furui,-u,-utta, v., trembler.

Furugi, s., vieux habits.

Furuye,-ru,-ta, v., trembler.

Fukaï, adj., profond.

Fukasa, s., profondeur.

Buta, s., porc.

Bu-dau-syu *, vin de raisin.

Bu-taï *, scène théâtrale.

Fu-dan *, continuel, constant, usuel.

Butŭ *, chose.

Fune, s., navire, vaisseau, bateau.

Funa-ikusa, s., bataille navale.

Funa-nori, s.

Fŭransŭ, adj. français. ‖ — *go*, la langue française.

Fû-fu *, mari et femme.

Bu-gu *, engins de guerre, armes.

Fukurakasi,-sŭ-sita, v., enfler, gonfler.

Bu-gu-si *, s., armurier.

Fuke,-ru,-ta, être profond, devenir vieux.

Bu-gei *, les arts militaires.

Fude, s., pinceau.

Fuki,-ku,-ita, v., souffler.

Bu-gyau *, gouverneur.

Bu-si *, s., soldat, militaire.

Fumoto, s., pied d'une montagne.

Bun * 文, littérature.

Bun * 分, s., partie, portion.

Bun-pau *, les règles de la grammaire et de l'art d'écrire.

Bun-ryau *, poids, quantité.

Bun-kau *, s., bibliothèque.

Bun-syau *, morceau de littérature, document, écrit.

㇉ KO.

Ko, s., enfant, petit.

Go * 語, s., mot, parole, langage.

Go * 御, impérial. Terme de courtoisie précédant les mots relatifs à la personne à qui l'on parle. ‖ Voy. la Grammaire.

Korosi, sŭ,-sita, v., tuer.

Koto, chose, affaire.

Koto, s., harpe.

Kotoba, s., parole, mot.

Ko-tori, s., petit oiseau.

Ko-tosi, adv., cette année.

Koto-si, s., fabriquant de harpes.

Ko-domo, s., enfant.

Kori,-ru,-tta, v., geler.

Konu, v. nég., ne pas venir.

Koware,-ru,-ta, v., briser, rompre.

Ko-gatana, s., couteau.

Ko-yomi, s., almanach.

Kore, pr., ceci.

Ko-dŭkai, s., domestique.

Go-rau-diu *, conseil d'Etat à l'époque des syaugun.

Go-ran *, regard (style de courtoisie). ‖ — *nasai*, daignez regarder.

Kono, pr., ce, cette; celui-ci, celle-ci.

Konomi, s., amour, attachement.

Konomi,-mu,-nda, v., aimer.

Kokŭ *, s., royaume, état, province.

Kokŭ-tei *, chef de l'état, souverain, empereur.

Komari,-ru.-tta, v., être ennuyé, affligé.

Ko-bune, s., barque.

Kokoro, s., cœur, pensée, sentiment.

Ko-ko-ni, adv., ici.

Koye, s., son, voix.

Go-ten, s., palais, résidence impériale.

Ko-age, portefaix, commissionnaire.

Gozai-masŭ, auxiliaire du style de courtoisie. ‖ Voy. la Grammaire.

Ko-satŭ *, tablettes sur lesquelles sont publiés les édits de l'Empereur.

Kogi,-gu,-ida, v., ramer.

Ko-kiu *, violon.

Kome, s, riz (non préparé).

Kosi, s., les reins.

Kosi-kake, s., tabouret.

Kosiraye,-ru,-ta, v., faire, fabriquer.

Ko-mori, s., nourrice.

Komori,-ru,-tta, v., être renfermé, inclus.

Go-zen *, litt. « la présence impériale »; pr., vous, en parlant à un prince.

Kon *, présent, actuel. ‖ *Konban* *, adv., ce soir. ‖ — *banva,* bonsoir. ‖ *Kon-niti* *, adv., aujourd'hui. ‖ —*niti-va,* bonjour.

Kon-rei *, s., mariage. ‖ *Kon-*

rei-si *, entremetteur de mariages.

Kon-gau-seki *, s., diamant.

Kon-zyau * 今生, la vie présente.

Kon-zyau * 根性, le tempérament.

エ YE, E.

Ye, s., peinture.

Ye-do, l'une des cinq villes impériales du Japon; ancien nom. Aujourd'hui Tô-kyau.

Ye-kaki, s., peinture.

Yeda, s., branche.

Ye-dŭ *, carte, plan.

Ye-si, s., peintre.

Yebisŭ, s., barbare, sauvage.

En-pau *, contrée lointaine.

ア TE.

De,-ru,-ta, v., surgir, sortir, se lever, aller.

Tei-syu *, maître de maison, chef de famille.

Te-gami, s., lettre, billet.

Tetŭ *, s, fer.

Tep-pau *, s., canon.

Te-narai, s., art de l'écriture, calligraphie.

Tera, s., temple bouddhique.

Teô-ren *, s., exercices militaires.

Temae, pr., vous (style familier). ‖ Voy. la Grammaire.

Teki *, s, ennemi.

Deki,-ru,-ta, v., pouvoir, faire. ‖ *Yoku de-kita,* bien réussi.

De-si *, s., disciple, élève.
Ten-ki *, s., l'air, le temps, la température.
Ten-mon *. s., astronomie.
Ten-mon-sya *, s., astronome.

サ A.

Ai *, mutuel.
Ai, a'u, atta, v., fréquenter, être en rapport.
Airu, s., canard.
Aida, intervalle. ‖ — ni, adv., dans l'intervalle, pendant; parce que, comme.
Ai-kyau *, aimable.
Ai-si.-sŭru,-sita **, v., aimer.
Ari.-ru.-tta, verbe auxiliaire, être, avoir.
Aru, pr., un certain (latin: quidam).
Aruiva, c., ou, ou bien.
Aruki,-ku.-ita, v., se promener.
Awoi, adj., vert.
Awosa, s., verdeur, couleur verte
Awa, s, millet.
Awaremi, s. compassion, pitié.
Awaremi,-mu,-nda, v., avoir compassion.
Awase,-ru,-ta, v., réunir, joindre, mêler. ‖ Hiki-awaseru, présenter quelqu'un.
Akai, adj., rouge.
Akari, s., lumière.
Agari,-ru,-tta, v., monter.
Akaruku, adv., lumineusement, d'une manière claire.
Akasa, s., rougeur.
Atatame,-ru,-ta, v., amuser, accorder du loisir.

Atama, s., tête, chef.
Ataye,-ru,-ta, v., donner. (Ce mot appartient surtout au style de la langue écrite.) ‖ Voy. Yari.
Are, s., orage, tempête.
Are, pr., cela.
Asobasi,-sŭ,-sita, v., amuser, faire (loc. de courtoisie).
Asobi, s., plaisir, divertissement, amusement.
Asoko-ni, adv., là-bas.
Attara, adj., regrettable.
Atŭmari,-ru,-tta, v., réunir, collectionner.
Atŭsa, s., chaleur.
Atŭme,-ru,-ta, v., réunir, collectionner.
Ane, s., sœur ainée.
Anata, pr., vous.
Ara'i,-a'u,-atta, v., laver, nettoyer.
Arawasi,-sŭ,-sita, v., faire paraître, révéler, montrer, publier.
Ano, pr., celui-là, celle-là.
Ayamati, s., faute, erreur.
Amari, adv., très, beaucoup, trop.
Amata, adv., beaucoup.
Ake,-ru,-ta, v., ouvrir.
Age,-ru,-ta, v., élever, offrir, donner à autrui, (terme de courtoisie)
Abura, s., huile.
Asa *, le matin ‖ Asa-ne, qui dort le matin, qui se lève tard. ‖ Asa-mesi, s., repas du matin, déjeuner.
Asatte, adv., après-demain.
Aki, s, automne.
Akindo, s., marchand, négociant.

Ame, s., pluie. ‖ *Naga* —, averse.
Ami, s., filet.
Asi, s., jambe, pied.
Asita, adv., ce matin ; demain.
A'iru, s., canard.
An-don *, lampe.
An-sin *, cœur tranquille, calme, en paix.

ᵗ **SA.**

Sai-ku *, travaux délicats, fabrication.
Sato, s., village.
Saru, s., singe.
Saka, s., digue.
Sakana, s., poisson.
Saka-ya, s., cabaret, marchand de vin.
Sagasi -sŭ,-sita. v., chercher.
Sa-tau *, s., sucre.
Sara, s., plat, assiette.
Samui, adj., froid.
Samurai, personnage ayant droit de porter deux sabres.
Samusa, s., le froid.
Zau *, s., image. portrait.statue.
Sau *, s., voile, numérale.
Sau-sau *, adv., vîte, rapidement.
Sakŭ-ban *, adv., hier soir.
Sakŭ-nen *, adv., l'année dernière.
Sakura, s., cerisier. ‖ — *no mi*, cerise.
Sakŭ-zitŭ *, adv., hier.
Sa-yau *, adv., oui, bien, c'est bien cela.
Sama, s., monsieur, madame.
Sake, s., vin (de riz).
Sae, adv., même.

Sate-mo, int., ah !
Saki, s., cap, promontoire.
Saki,-ku,-ita, fleurir.
Saki,-ku,-ita, plier.
Saki, antérieur, le devant, le futur. ‖ — *ni*, adv., devant.
Saye,-ru,-ta, v., être clair.
Samisen, s., guitare à trois cordes.
Sasi. s., pied (mesure linéaire).
Zasiki. s., appartement, salon, chambre.
Sasi-mono, s., boîte.
Sasi-mono-ya, s., menuisier.
Sase,-ru,-ta, v. caus., faire faire, causer.
San *, n., trois.
Zan-zi-ni *, adv., bientôt.

ᵗ **KI**

Ki *, s., air, sentiment. ‖ — *wo tŭkeru*, prendre soin.
Ki,-ru, ta, v., revêtir.
Ki, kuru.-ta, v., venir.
Ki, s., arbres, bois.
Kiri.-ru,-tta, v., couper.
Kinu, s., soie.
Gyo-i *, votre pensée. ‖ — *ni-iru*. aimer.
Gyo-sya *, s., cocher.
Ki-tai, rare, extraordinaire.
Kita'i,-'u, v., forger.
Kitari -ru,-tta, v., venir.
Kitanai, adj., malpropre, sale.
Kire, s., pièce, morceau, fragment.
Kirei, adj., joli.
Kireisa, s., gentillesse.
Kit-to, adv., certainement, sans manquer.
Kirai,-u,-atta, v., détester, haïr.

Kiu-ni *, vîte, rapidement.

Kiu-ri *, s., lieu de naissance.

Kiu-kin *, gages, appointements.

Kinô, adv., hier.

Kyô (keô), adv., aujourd'hui.

Kyau *, s., leurs sacrés.

Gyau *, s., ligne, rangée.

Kyau-to *, s., la capitale.

Kyau-dai *, s , frères.

Kiki.-ku,-ita, v., entendre, écouter.

Kime,-ru,-ta, v., gronder, faire des reproches.

Kime,-ru,-ta, v., établir, fixer, déterminer.

Kimi, s., seigneur.

Kisi, s., banc, berge.

Kizi, s., faisan.

Kiye,-ru,-ta, v., s'éteindre, disparaître, finir, mourir.

Ki-mono, s., vêtement, habillement.

Kiseru, s., pipe.

Gin *, s., argent.

Kin-pen *, voisin, rapproché.

Kin-ri *, s., le palais du mikado. ‖ — *sama*, l'Empereur.

Gin-mi, s , information.

Kin-zyo, s , voisinage.

⊐ YU.

Yui, yû, yûta, v., lier, attacher (en parlant des cheveux).

Yube, le soir, la nuit dernière.

Yŭki, s., neige.

Yŭki,-ku,-ita, v., aller.

Yŭmi, s., arc.

Yŭbi, s., doigt.

ㄨ ME.

Mei * 名, nom (en composition).

Mei * 命, s., vie, destinée.

Mei, nièce.

Me-kata, s., poids.

Me-gane, s., lunettes.

Medŭrasii, adj., merveilleux, remarquable.

Mesi, s., riz cuit.

Mesita, s., inférieur, personne de basse condition.

Mesi-agari.-ru,-tta, v , manger (style de courtoisie).

ㄥ MI.

Mi,-ru,-ta, v., voir.

Miti, s., route, voie.

Mikado, empereur.

Mitŭ, n., trois.

Midŭ, s., eau.

Mi-tŭke,-ru,-ta, v., découvrir.

Mina, pr., tous, toutes.

Minato, s , port, ancrage.

Miya, s., temple du culte sintauiste; palais.

Myau *, prochain. ‖ *Myau-nen* *, adv., l'année prochaine. ‖ *Myau-go-niti* *, adv., après demain. ‖ *Myau-asa* **, adv., demain matin ‖ *Myau-niti* *, adv., demain.

Miyako, s., capitale.

Mi-age s., souvenir rapporté de voyage, cadeau.

Migi, s., la droite.

Mise, s., montre, boutique.

ꝫ **SI.**

Si. *sŭru, sita*, v., faire.

Zi *, s., caractère chinois.

Siro, s., forteresse, ville for-
tifiée.

Sirosa, s., blancheur.

Siba, s., gazon, herbe.

Siba-ĭ, s., théâtre.

Sibaraku, adv , un moment,
en peu de temps.

Siba-ya, s., théâtre.

Sini.-nuru.-nda, v., mourir.

Siri,-ru.-tta, v., savoir, con-
naitre.

Sika, ne que.

Sika s., cerf.

Sikari,-ru-tta, v., corriger,
gronder.

Sikasi, c.. mais.

Syoi **, adj., aisé, facile, com-
mode

Syo-nin *, tout le monde.

Syô-nin, s., un témoin.

Syo-kan *, s., lettre, billet.

Syokŭ-nin *, s.. artisan.

Syokŭ-dai *, s.. chandelier.

Syo-motŭ, s , livre.

Syo-sei *, s., élève. étudiant.

Sita, le bas. ‖ — ni, adv., en
bas.

Sitagari,-ru,-tta, v., désirer
faire.

Si-takŭ *, s., préparatifs, ap-
prêts.

Sitate,-ru,-ta, v., faire, tailler,
préparer.

Si-tate-ya, s., tailleur.

Sidŭka-ni, adv., doucement.

Sina, s., sorte, espèce, qualité.

Sina, s., la Chine.

Ziu *, ‖ Voy. *Tyu.*

Zyŭ ', n., dix.

Zyŭ-ban *, s., chemise.

Si-kwan *, s., officier, fonc-
tionnaire.

Syaberi, s., babillard.

Syau-nin *, s., marchand, négociant.

Syau-syau *, adv., un peu,
très peu.

Syau-yô *, s., urine (litt. petit
besoin) (*Scô-yô*).

Syau-gun *, s., lieutenant impérial du Japon (ancien Empereur temporel des voya-
geurs).

Syau-zi -zŭ,-zita, v., porter,
produire.

Zyau-zŭ, adj.. habile adroit.

Sya-sin *, s , portrait.

Sima, s., île.

Simai, s., la fin.

Simai, s., sœur.

Simai,-a'u,-atta, v , finir.

Zi-bun '. pr., soi-même.

Si-goto **, s., affaire, occupation

Zi-kô ', s., saison, climat.

Si-awase **, s., fortune, bonheur.

Sikiri-ni, adv., constamment.

Syŭt-tatŭ *, départ.

Sisi *, s., lion.

Si-sya *, s., ambassadeur.

Zi-sin *, pr., soi-même.

Zi-biki *, s., dictionnaire des
signes idéographiques.

Simo-zimo, le bas peuple.

Si-setŭ *, s., ambassade.

Si-zen *, adv. de soi-même,
spontanément.

Sin-pon *, s., ouvrage nouveau.

Sin-bun *, s., nouvelle. ‖ —si *,
journal.

ヒ **HI.**

Hi, s., soleil, jour. ‖ Feu.
Hiroi, s., récolte.
Hiroi, adj., large.
Hiroge,-ru,-ta, v., élargir, étendre.
Hirosa, s., largeur.
Hi-bati, s., brasier.
Hito, s., homme, individu, personne. ‖ — *ga kita*, quelqu'un est venu. ‖ — *bito*, tout le monde, beaucoup de personnes.
Hitori, seul.
Hitotŭ, n., un.
Hiru-go **, adv., après-midi.
Hikari, s., lumière, éclat.
Hidari *, s., la gauche.
Hyau *, sac, numérale.
Byau-nin *, s., un malade.
Byau-bu *, paravent.
Byau-ki *, s., maladie.
Hyau-sen *, flotte de guerre.
Hyakŭ *, n., cent.
Hyakŭ-syau *, s., paysan, agriculteur, campagnard.
Hima, s., loisir.
Hige, s., barbe.
Hi-kyakŭ-sen *, s., la malle.
Hi-bi, adv., journellement.
Himo, s., corde.
Himo, s., faim.
Bin-ba'u-nin *, s., pauvre.

モ **MO.**

Mo, c., encore, aussi.
Moti,-tŭ,-tta, v., avoir, posséder.
Mori, s., bois, forêt.

Mottomo, adv., très, extrêmement.
Mora'i,-ru, v., recevoir.
Mono, s., chose, individu, personne. ‖ Voy. la Grammaire.
Mono-morai, s., mendiant.
Mokŭ-rokŭ *, table, index, sommaire.
Moke.-ru,-ta, v., gagner, acquérir, faire.
Mogi,-gu,-ida, v., arracher, ôter, enlever, cueillir.
Mo-men **, s., coton.
Mosi, c., si.
Mŏ-zi *, s., signe idéographique, lettre, caractère.
Momo-hiki, s., pantalon.

セ **SE.**

Sei *, 生 s., la vie.

Sei *, 勢 s., force, vigueur.

Sei *, 性 s., qualité naturelle.

Sei *, 聲 s., son.

Sei *, 清 adj., pur.

Sei *, 姓 nom de famille.

Sei-yau *, s., l'Europe, l'Occident.
Sei-fu *, s., gouvernement.
Seto-mono, s., faïence.
Segare, s., mon fils (terme d'humilité).
Setŭ *, 節 s., vertu, fidélité, patriotisme.

Setŭ *, 節 s., temps, saison.

Senaka, s., le dos.
Ses-sya, pr., moi. ‖ Voy. la Grammaire.
Seki-tan*, s., charbon de terre.
Ze-hi*, adv., oui ou non; sans discussion, sans manquer.
Sen*, mille.
Sen-dô*, s., capitaine de navire.
Sen-takŭ*, s., blanchissage.
Sen-takŭ-ya**, s., blanchisseur.
Sen-sei*, s., maître (litt. *antea natus*).

又 SU.

Su, s., vinaigre.
Su, s., nid.
Sui-fu*, s., navigateur.
Sui-satŭ*, supposition, conjecture.
Sŭri,-ru,-tta, v., imprimer.
Sŭwari,-ru,-tta, v., s'asseoir, s'établir.
Sŭdŭ, s., étain.
Sŭdŭsii, adj., frais.
Sŭdŭsisa, s., fraîcheur.

Sŭna, s., sable.
Sŭkunai, adj., rare.
Sŭma'i,-a'u,-alta, v., habiter, résider.
Sŭkosi, adv., un peu.
Sŭgosi,-sŭ,-sita, v., passer, vivre, surpasser, faire avec excès.
Sŭte,-ru,-ta, v., abandonner, rejeter.
Sŭte-oki,-ku,-ita, v., abandonner, lâcher, laisser aller.
Su-asi, pieds nus.
Sŭki,-ku,-ita, v., aimer.
Sŭgi, s., chryptomeria japonica.
Sŭgi,-ru,-ta, v., excéder, surpasser, dépasser.
Sŭgiwai, s., métier, occupation, moyen d'existence.
Sŭmi, s., encre.
Sŭmi, s., coin, angle.
Sŭmi, s., charbon de bois.
Sŭmi,-mu,-nda, v., habiter.
Sŭzŭri, s., pierre à broyer l'encre, encrier japonais ‖ *Sŭzŭri-bako*, s., boîte à écrire (renfermant les pinceaux, l'encre et la pierre à broyer).
Sŭsŭme, s., conseil, avis.

FIN.

E. J. Brill, Imprimerie de la Société Sinico-Japonaise, à Leide.

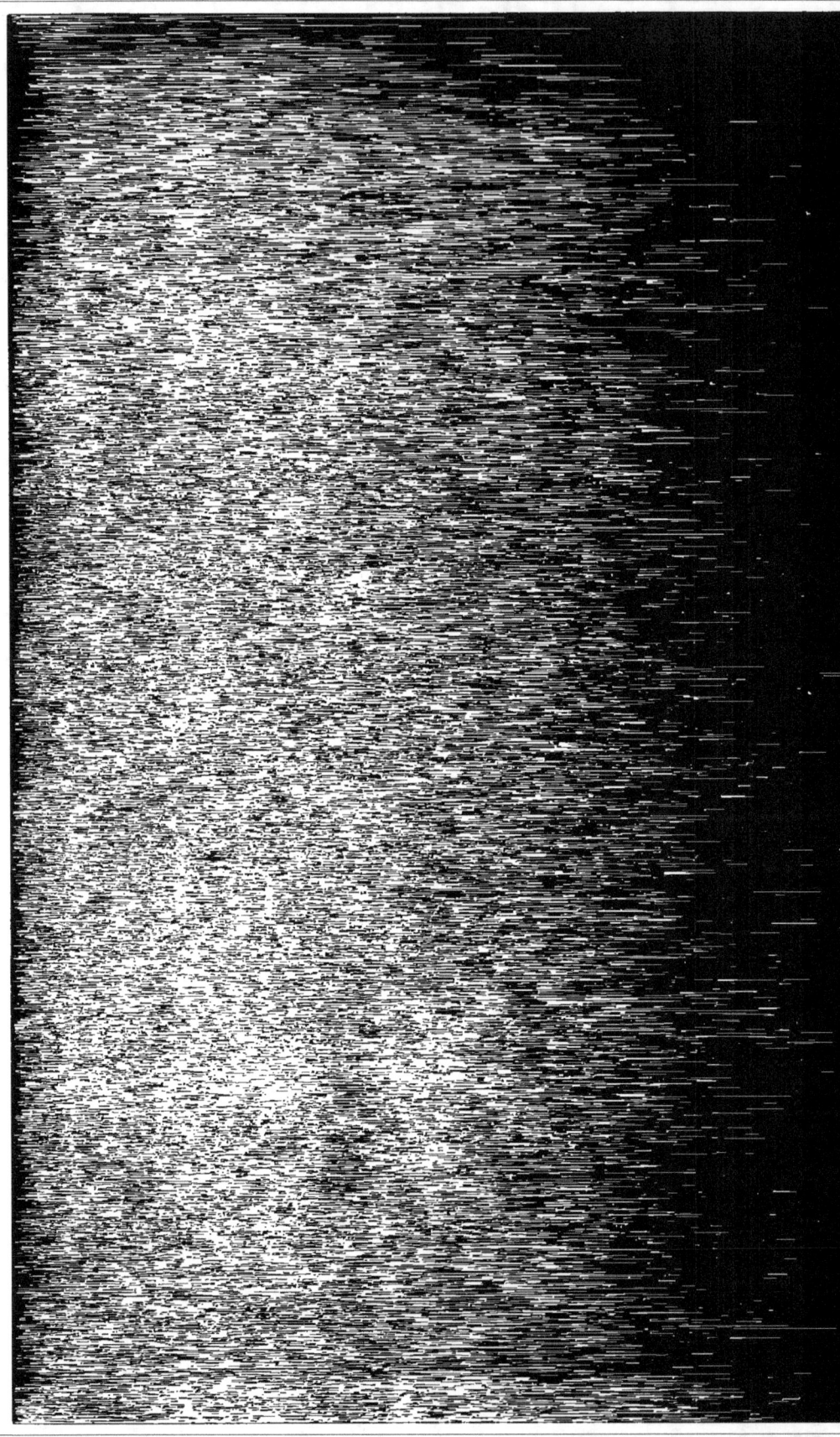

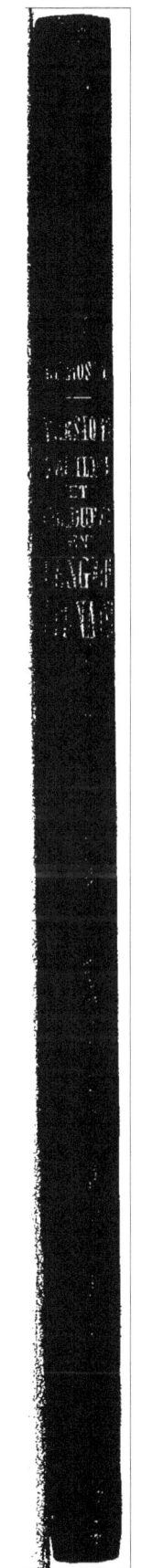

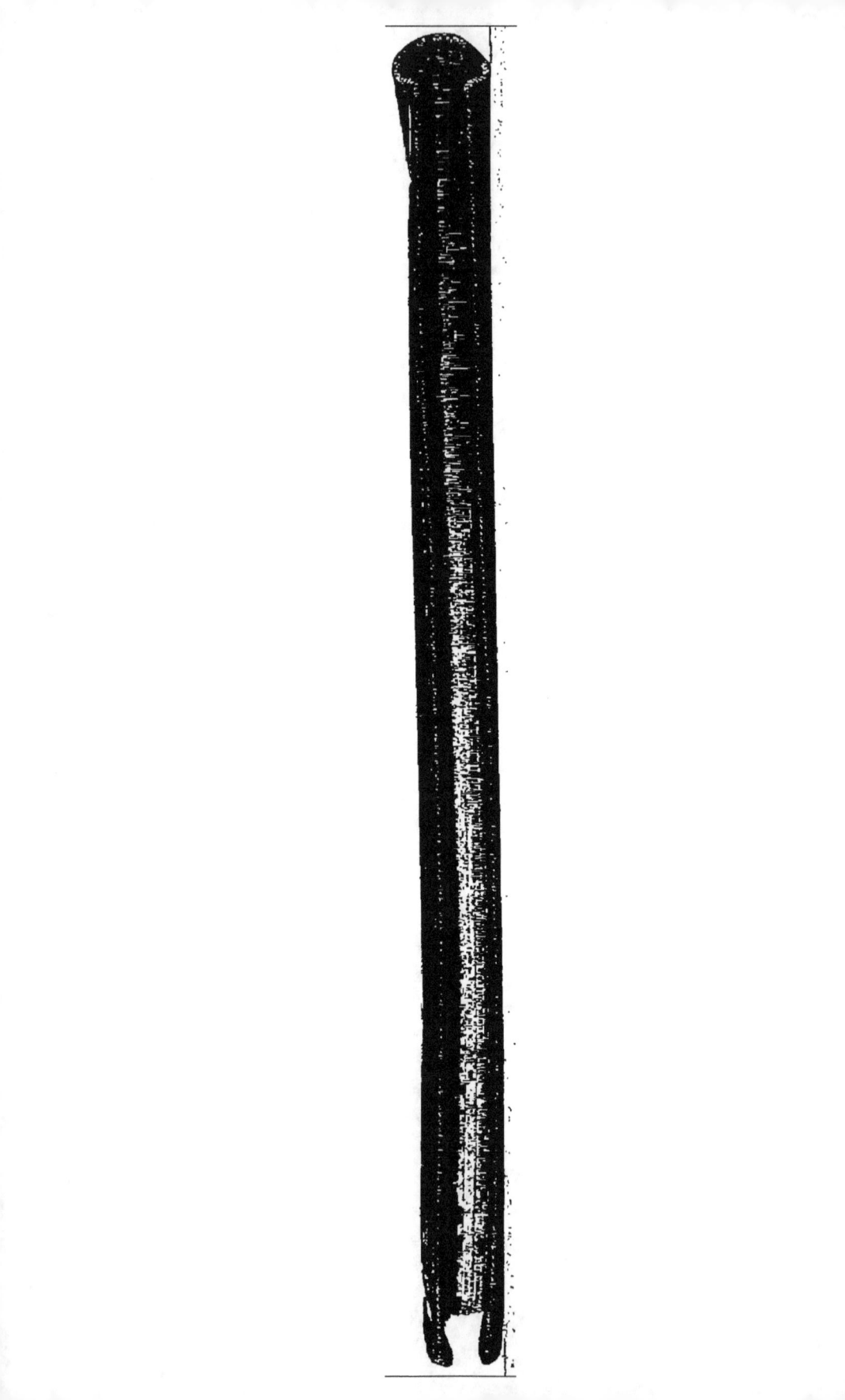

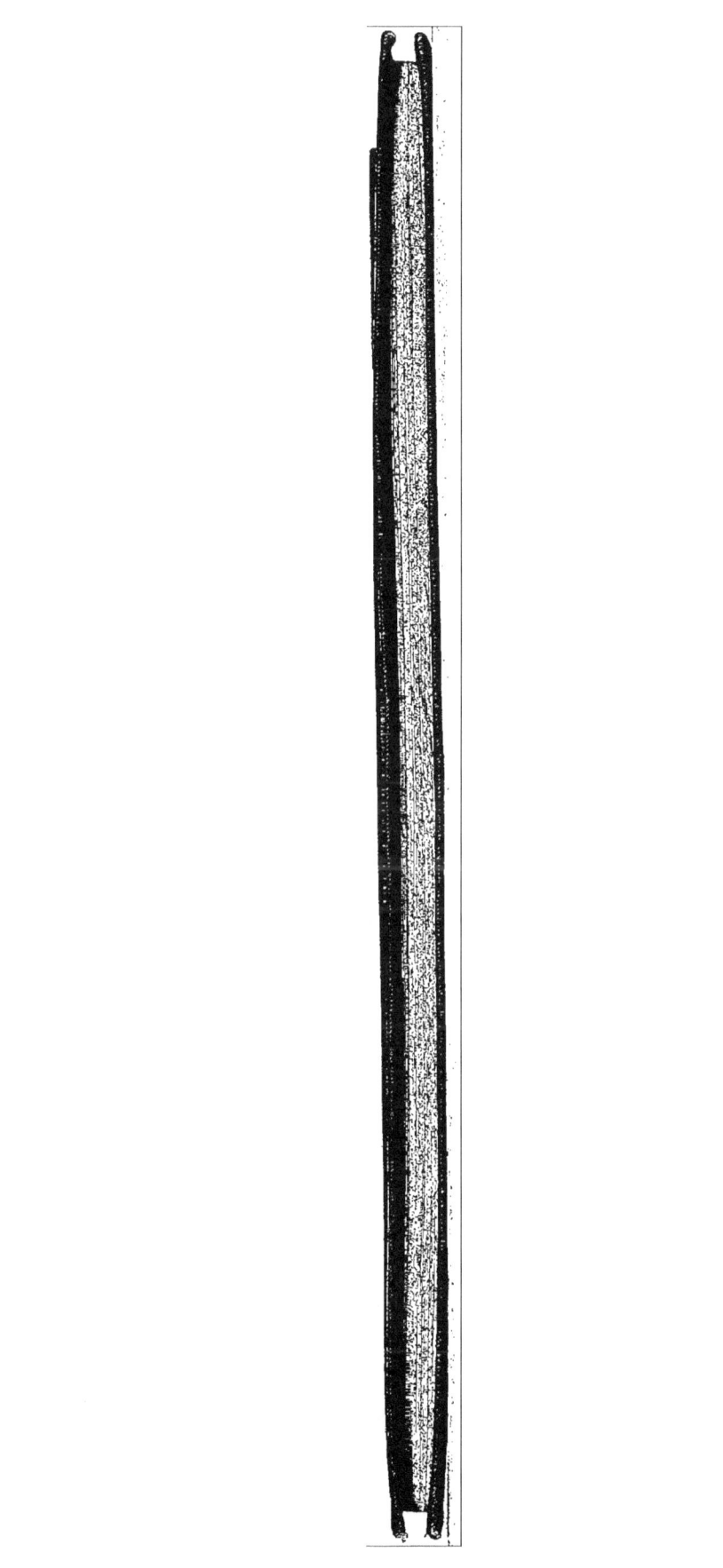

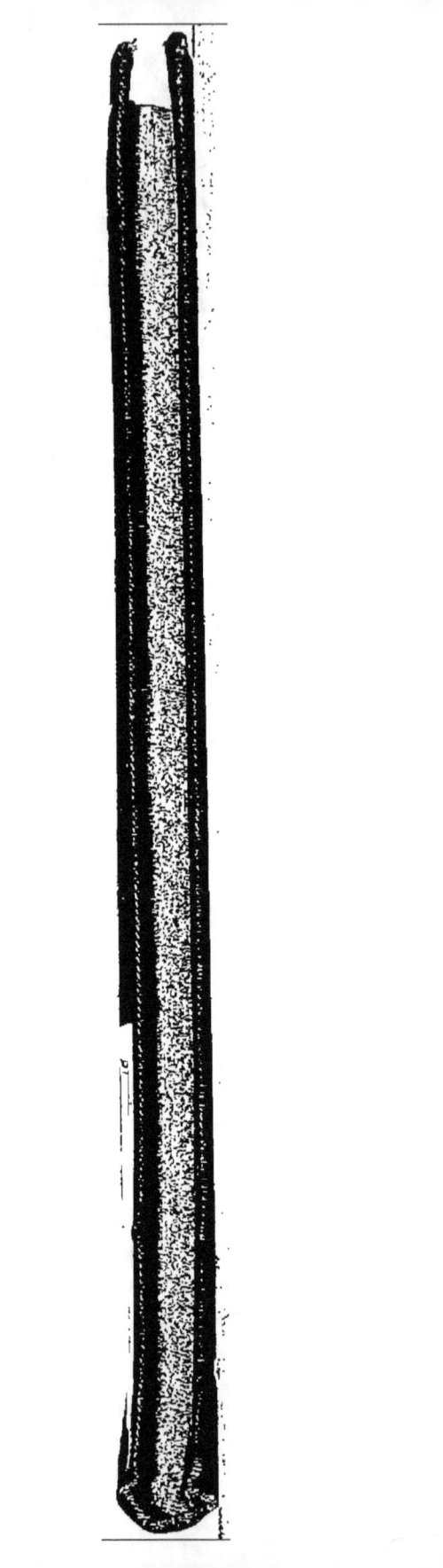

www.ingramcontent.com/pod-product-compliance
Lightning Source LLC
Chambersburg PA
CBHW060838250626
47162CB00005B/2107